新潮文庫

終の住処

磯﨑憲一郎著

新潮社版

9527

目次

終の住処

終の住処

彼も、妻も、結婚したときには三十歳を過ぎていた。一年まえに付き合い始めた時点ですでにふたりには、上目遣いになるとできる額のしわと生え際《ぎわ》の白髪が目立ち、疲れたような、あきらめたような表情が見られたが、それはそれぞれ別々の、二十代の長く続いた恋愛に敗れたあとで、こんな歳《とし》から付き合い始めるということは、もう半ば結婚を意識せざるを得ない、という理由からでもあった。じっさい、交際し始めて半年で彼は相手の実家へ挨拶《あいさつ》に行ったのだ。それから何十年も経《た》って、もはや死が遠くはないことを知ったふたりが顔を見合わせ思い出したのもやはり同じ、疲れたような、あきらめたようなお互いの表情だった。

新婚旅行のあいだじゅう、妻は不機嫌だった。彼はその理由を尋ねたが、妻は「別にいまに限って怒っているわけではない」といった。そのうえ彼女は生理になってしまった。旅行から帰って新居での第一日目もそのままの、ぎこちない始まり方をした。夜明けまえ、彼は目を覚ました。すると暗闇《くらやみ》のなか、じつは妻は起きていて、一晩じゅう彼を睨《にら》みつけていたのではないかという思いに囚《とら》われた。ほんの数分のあいだにもその思いはだんだんと強くなって、抜け出すことが困難なほどに膨れ上がり、仰向《あおむ》けに上を向いたまま彼の首は固まって動かなくなってしまった、すぐとなりで寝ている妻の様子を確かめることができなかった。逃げるように、しかし静かに彼は起き上がり、ちらりとも振り返らずにドアを閉めて外へ出た。

どうしてこんなことになってしまったのだろう。結婚は彼が望んだわけでも、妻が望んだわけでも、どちらかの両親が強要したわけでもなかった。ところが青年期末期の孤独と、そんな甘えなどすぐさま断ち切ってしまえという、遠いどこかから繰り返し聞こえてくる時間が進むがごとくの非情な声は、誰もがはっきりと感じていたのだ。だからなのか別の理由なのか、ふたりが結婚を決めたことを誰かが酷《ひど》く後悔しているわけでもないというのもまた、いつのまにか過ぎ去った時に対する気持ちとともよく似ているのだった。結婚すれば世の中のすべてが違って見えるかといえば、やはりそんなことはなかったのだ。夏の朝だった。一羽のカラスが夕焼けのように赤い空を横切ってゆっくりと、羽を大きく広げたままの姿で飛んでいった。西の空のいちばん奥深いところにはまだ濃く丸い月が残っていた。両側から交互にケヤキの若葉が重なり合う、誰も歩いていない遊歩道を、姿は見えない何者かに先導されるようにして彼は進んでいった。植え込みのアジサイは深い緑の葉を保ち、ほとんど朽ちかけてはいるものの梅雨のころの薄紫色《うすむらさきいろ》の花まで残していた。どこからかつがいのオナガが飛んできて、植え込みのなかの昆虫をついばみ始めたが、体長に比べて不釣合いに長過ぎるその尾羽は、彼も含めたすべての人間たちを嗤《わら》っているようだった。鳥はけっして鳴き声をあげることなく、ただ黙々と餌《えさ》を探し続けていた。やがて朝日が上がった。彼は古い沼に行き着いた、いまではそこは公園になっているようだった。すべての小波《さざなみ》の頂点が光る、無数の細かい反射の続く水面を滑るように、一羽の白いアヒルが渡っていた。白鳥のように悠然とした、大きな老いたアヒルだった。細長く尖《とが》った杉の木や朝露の芝生、板を接《は》いだベンチ、沼の周囲にはりめぐらされた鉄パイプの柵《さく》、むき出しの土の歩道にところどころ残る水溜《みずた》まり、それらすべてにまだ始まったばかりの新しい光が行き渡って、鋭く銀色に輝いていた。眠りに落ちる寸前のまどろみめいた静かさだった。自分の耳が聞こえなくなってしまったのではないかと疑われるほどいっさいの音が断ち切られていたにもかかわらず、この空間からは不思議にざわついた感じを彼は受けた、何かが始まる間際の気配があった。沼の対岸の、彼がいる場所のちょうど真向かいにはひとりの老人が立っていた。つば広の帽子をかぶり色あせた青いシャツを着た、背の高い瘦《や》せた男だったが、柵から上半身を乗り出すようにして沼を見つめていた。両腕をまっすぐぎりぎりまで伸ばし、まるで祈りでも捧《ささ》げるかのように手のひらを沼のほうへ差し延べると、老人のその動作に応じたのか、水面は落ち着きなく波打った。もう一度、手のひらと五本の指を順々に、水を摑《つか》み取るように動かした、やはり何箇所かの水面が小さな山のように盛り上がった。その不思議な光景を眺めながらのほんのわずかな一瞬、いやもしかしたらじっさいにはずいぶんと長い時間だったのかもしれない、かすかなひびきに彼は気を奪われていた、しかしそれはまもなく消えていくのだろうと思っていた。ところがとつぜん、空から重い音の固まりが降《ふ》ってきたのだ。滝だ！　その瞬間までの静寂を覆《くつがえ》す、両耳を埋め尽くす爆音が、彼の頭上にとどろいた。この空に、いま、滝が落ちている！　音に促されるがまま空を見上げると、水色の視界には徐々に黒い影が攻め寄せていた。それはヘリコプターだった。そのプロペラの発する音は大量の水が岩を打ち、削り続ける音と区別がつかなかった。双発式の自衛隊機だったが、真下から見るその膨れた鋼鉄の胴体は、不吉なまでに生き物めいていて、まるでクジラだった。どうしてこんな時間のこんな場所に自衛隊機が飛んでいるのか理解不能だったが、彼が抱いている臆病《おくびょう》やこれからの生活への戸惑いを知り尽くしているかのように、ヘリコプターは低空に留まったまま動かず、杉の細い幹など折らんばかりに左右に揺らし、緑の芝生にはいくつもの扇形の風紋を重ね、水面にはとげとげしい白波を立てて彼を容赦なく動揺させた。だが沼の荒れ狂い方は強い風のためだけではないようだった。水面が大きく上下し、岸であっけに取られている彼も頭から浴びるほどの、ついに沸騰《ふっとう》したかと思われるような激しい水しぶきが沼の底から上がっていた。水のなかで何かが暴れている、さすがに本物のクジラとまではいわないにしても、ナマズやコイなどの淡水魚の群れどころではない、巨大な哺乳類《ほにゅうるい》か異常に成長した爬虫類《はちゅうるい》がこの沼には棲《す》んでいるとしか思えない。——そんなことを真剣に考えているいまの自分は狂ったのではないかと彼は恐れた、いや同じ意味で、狂っていないのはゆいいつ自分だけなのではないのか？　強風と光と音の渦巻くなか、彼はつば広の帽子の老人の姿を探した、あの老いた男に助けを求めたかったのだが、その姿はもうどこにも見えなかった。とうとつに、この空間を共有するすべての存在にとって既知のある事実が、彼だけには知らされていないような気がした。この場所は俺にとってあまりに危険だ、ここにいてはならない、いますぐに立ち去らねば！　彼はもと来た道を走って逃げ帰った。走りながら、しかしいまや他のどこへ帰るわけにも行かない、自分の戻る場所は家以外に、妻のもと以外にはないのだということまで含めてが、この朝の異常な出来事のひと続きであるような、不可解で抜け出しがたい思いに彼は囚われるのだった。

後の人生のどの時代と比較してみても、新婚のころほど不安定で茫漠《ぼうばく》とした、自らの立ち位置の定まらぬ日々はなかった。新居は彼の実家と妻の実家のほぼ中間に位置する、乗換駅の近くのアパートの三階を借りた。玄関を入るといきなり台所と小さなリビングルーム、他には六畳の和室がひとつだけの狭い家だったが、家賃は彼の月収の半分以上を占めた。昼間、ベランダから外を眺めると周囲には青やエンジや灰色の瓦《かわら》屋根の、寸分の狂いもなく同じ高さの建売住宅がぎっしりと詰め込まれ、少し離れたすきまからは常緑樹のかたまりと、彼が住んでいるのと似たような三階建てのアパートがほぼ等間隔を保ちながら首を出していた。同世代の勤め人のなかでも彼の収入はけっして少ない方ではなかったはずだ、なのに都心から一時間も離れた、築十年近いアパートの小さな部屋を借りるだけで、生活が一杯一杯になってしまうことが彼には信じられなかった。自動車など持っていなかったし、映画にもいかなかった。外食もめったにしなかった。外食するにしても、酒はいっさい飲まなかった。倹約のために飲まなかったわけではなく、彼も妻も下戸だったのだ。家賃にこんなに持っていかれてしまっては、とても生活していけるものではない、他の家庭はどうやってやりくりしているのだろう？　不安な気持ちのままに妻を見やると、台所の彼女はどうしたわけか顔色も肌も妙に艶《つや》やかになって、酷く上機嫌で寛容に振舞っているように見えた。ふだんはどこに隠してあるのか、お茶や菓子や果物などを途切れることなく次々に出してきた。話す必要のないことを話したり、テレビのチャンネルを小まめに変えたりしながらしばらくの時間を過ごした。彼が何かの用事を思い出して一瞬、座を外した。戻ってみると、妻は口も利《き》いてくれなかった。視線がさまようというのとは正反対に、しっかりと見開かれた眼《まなこ》が遠くの一点を見つめ、彼のほうなど見向きもしなかった。そういうときの彼はいつでも置いてきぼりを喰わされた気分がしたものだが、彼にしたって昼日中《ひるひなか》から、自分はいま喜ぶべき状況にあるのか、嘆くべき状況にあるのか、そんなことすらもろくに判断がつかぬという体たらくだったのだ。ある休みの日、彼と妻は近くの食堂に出かけた。朝から大したものを口にしていないし、そうすると空腹のためなのか別の理由なのか、会話もほとんどないままに朝から昼過ぎまでの時間を過ごしてしまったことに気がついた。外へ出てみると、まさに今日が今年の冬の最初の一日というような寒い、北風の吹く、晴れた午後だった。駅とは反対方向の住宅地のなかにポツンと一軒だけある食堂に、ふたりは入った。昔風の洋食やナポリタンやカレーライスなどを出す小さな店だった。窓際のテーブルに座ると、妻は彼に向かって微笑《ほほえ》みながら外を見るよう目で合図をした。窓ガラスのすぐ向こう側、いまは枯れ草しか残っていない花壇のなかに七、八歳の白いセーターを着た女の子がひとり立ったまま、両手のひらを顔に当てて泣いていた。髪を綺麗《きれい》に真ん中からふたつに分けて結んだ、賢そうな子だったが、手のひらがぴったりと頬に貼《は》り付いてしまって取れぬような、奇妙な頑《かたく》なさがあった。この店の子供だろうか、こんな寒い午後にひとりで外にいるのはなぜなのか？　泣いている子供を見た途端、彼は自分でもわけも分からず、急に激しい怒りが込み上げてきた。別の席へ移ろう。いや、ちょっと待って。妻は穏やかに彼を制して、立ち上がった。右手の人差し指を曲げ、関節のところで窓ガラスを二回、軽く叩《たた》いた。妻の細く、銀食器のように硬質で、にもかかわらずしなやかな曲線を描くその指を、彼はそのとき初めて見たような気がした。女の子は驚いてこちらを振り向いた。妻は中腰になって顔をガラスに近づけ、女の子と視線を合わせ一度大きく頷《うなず》いてから、両手を振った。涙でまだ両頬を濡《ぬ》らしたまま女の子は口をわずかに開け、呆然《ぼうぜん》としていた。彼は女の子ではなく、妻の顔をまじまじと見た。妻の視線は窓の外だったが、このときもやはりもっと遥《はる》か遠くを見ているようでもあった。彼がもう一度窓の外に視線を戻したときには、女の子の姿は消えていた。食事からの帰り道、空には満月があった。この数ヶ月というもの、月は満月のままだった。どんなときでも、それはもちろん夜に限ってではあるが、彼が空を見上げればそこには満月があった。月は自らの力で銀色に輝き始め、不思議なことに雲よりも近く手前にあった。しかも彼以外の誰にも気づかれぬぐらい密《ひそ》やかに、ゆっくりと、大きくなっていた。いや、嘘《うそ》ではない、そういうことだってあるだろう。彼は月に守られているような気がした。小さな星ですらも、強く見つめてやると、その輝きを増して応《こた》えてくれた。「ああ、なんて寒い！」とつぜん妻が彼の腕に巻きついてきた。彼の左腕と妻の両腕だったが、古い蔦《つた》と幹が長い年月のあいだに絡《から》まって、混ざり合って同化してしまったかのような、そんな複雑な巻きつき方だった。気温は零度を下回るほどに寒く、しかし完全な無風だった。彼と妻の吐き出す白い息が紺色の夜のなかを漂っていつまでも消えることはなかった。まさにこういう瞬間、こういう場面で彼はこの上ない喜びを感じていた。それはある種の感情の高まりには違いないのだが、同時にとても良い匂《にお》いを伴った、即物的なものでもあった。それ以前の三十年間の人生ではけっして知りえない喜びだったが、やはりこれも結婚によってもたらされた変化に他ならなかった。

しかしそんな同じ日の晩でも、家に帰ってドアを開け蛍光灯の電気を点《つ》けた瞬間、もしくは居間のソファーに座って一息ついたところで風呂《ふろ》にどちらが先に入るかを尋ねた瞬間、もしくは翌朝起きてまず洗面所で顔を洗いテーブルに着いたふたりがその日最初に目を合わせた瞬間、つまり生活のなかのどの断面を取っても良いのだが、そのときには妻は既に不機嫌だった。自分で決めて、結婚した妻ではあるが、この女はどうしてこうも計り知れないのだろう、どうして彼の感情が追いついたときにはもうそこには彼女はいないのだろう？　どの女にしても女というのはこういう生き物なのか、いやそういうことでもないだろう。男としてのごくありふれた発想なのだろうが、彼もまた、妻の機嫌には何か周期的な法則があるのではないかと考えた。天候や気圧に左右されるのか？　曇りの日とか雨の日にはどうも気分が落ち着かないとか、それとも太陽の位置か、月の位置か、他の天体の運動と関係があるのか？　しかし月はこのところ満月のままだったはずだ。食べ物のせいなのか？やはり女性特有の生理の問題なのか？　それとも彼の発する何らかの特定の言葉か仕草かに過敏に反応してしまう気質なのか？　「別にいまに限って怒っているわけではない」どうやら妻の機嫌に周期性などないようだった。それならばもっと凡庸に考えてみたら良い。——彼と結婚はしてしまったけれど、じつは彼女にはまだ別に愛情をそそぐ対象、忘れられない男がいて、そいつを思い出すたびにかつての恋愛の高揚がよみがえる、だから気持ちが不安定になるのではないだろうか。いや、ことによるといまでも彼が不在のときなどにその男と密かに逢《あ》ったりしているのかもしれないぞ。そういう検証を行うことが一家の亭主の義務であるかのように、彼はさまざまな具体的な事象に当たってみた。よそ行きの新しい服を頻繁に買ったりしていないか？　化粧品はどうか？　財布に残っている領収書や電話代の請求金額、会話のなかにさりげなく放り込んでみたひとことに対する反応。まったくばかばかしいと思いながらも彼は、今日は泊まりの出張だといい置いて、とうとつに帰宅したことだってあったのだ。妻は、彼が朝、家を出たときと同じ、台所の流しの前にまっすぐに立っていた。

妻は浮気をしているのかもしれない、そんな疑念を裏付けるための証拠のかけらすら見つけることはできなかったが、それはそれで彼をがっかりさせた。もし妻に別の男でもいるのであれば、いま彼を取り囲んでいる事態、正確にいうならば彼自らが入り込んだものの抜け出せなくなってしまったこの事態をもっと単純に説明することもできたのだろうから。ときたま妻が見ているあの遥かな遠く、その視線の向かう先をぼんやりと眺めながら、彼もまた思うのだった、俺はこの生活に巻き込まれてしまった、他にもっと別の、賢明な選択肢があったのかどうか、いまとなってはそれすらも憶《おぼ》えていないが、いずれにしてももう取り返しがつかない。目的地に向かって歩いているつもりが、知らず知らずのうちに道のりそれ自体が目的地とすり替わってしまうことがときたまあるものだが、俺もまた気が遠くなるほどの長い道のりを歩み始めてしまったような気がする。しかしよく考えてみろ、そんな用意が、いやそれ以前にそんな体力がこの俺に残されているだろうか？　もしここから抜け出すというのであれば、それはまさにいま以外にはないのではないか？　早くしなくては！　ぐずぐずしているうちに年老いて、逃げ遅れてしまうぞ。

「別れようと思えば、私たちはいつだって別れられるのよ」別に彼が匂わせたわけでもないのに、妻は不意にいった。言葉じたいよりも、この挑発的な態度に彼はたじろいだ。離婚というのは、結婚するときの何倍もの金と労力と時間を必要とするものだ、そんな話は聞き飽きるほどしばしば聞くものだが、じっさいのところ、このころの彼にはもはやそんな力は残されていなかった。彼は中年に差しかかっていた。だが離婚という考えにこのころの彼を進ませなかった、もうひとつまったく別の理由は、じつは彼の母親だった。妻と彼の母はとても仲が良かった。年に一度か二度だけのことだったが、ふたりで彼の実家を訪れると、着くなり妻と母は話し通しになった。仕方なく彼はひとりで、そのころ実家で飼っていた白い犬を連れて近所へ散歩に出かけた。夕方、散歩から戻ると、妻と母はどこかへ出かけたようだった。食卓の椅子《いす》にひとり座って、初夏の小さな庭の、荒れて雑草の混ざった芝生と枝先が伸び放題の植木を見ながら彼は、自分が育ったこの家のことを考えて過ごした。彼が中学校に上がるときに家族で越してきた家だったが、その過剰な愛着ゆえなのか、まだ赤ん坊に近い幼少のころにこの家で遊んだ記憶までが、現在の彼のなかには作られていた。そのうちに日が暮れた。夜の十時を過ぎてから妻と母は、食料品やら雑貨やら下着やらの大量の買い物を携えて帰ってきた。おまけに酒まで飲んでいた。もちろん彼は怒ったが、この怒りはそのままで大きな満足感と同じだった。まったく驚きだ、実の母と恋人の仲がうまく行くということはこれほどの喜びを伴うものなのか！　しかも彼本人が疎外《そがい》されれば疎外されるほど、この喜びは大きく、強くなるのだ。その日の深夜、家に戻ってから妻は、彼に黙って外出してしまったことを詫《わ》びた。飲めない酒まで飲みながら、いったい母と何をそんなに話すことがあったのか？　「それはいろいろ」そういう返事に、とうぜん彼に関するいろいろを話したのだろうという自惚《うぬぼ》れまで含めて、このふたりの女から守られていると彼は感じたのだろうか？　確かにそれもなくはなかった。だが、彼にとってはむしろそれは、長く慣れ親しんだ母という時間と、始まったばかりの、まだおっかなびっくりの妻という時間の融合だったのだ。彼の大きな喜びの源はじつはこの二つの時間の融合だったのかもしれない。しかし一方で、この場合の融合には包囲をますます強めてしまうという側面もあった。当時から自分でもうすうす気づいてはいたのだが、要するに彼は、自ら外堀を埋めて退路を断つような、自由を放棄するような選択ばかりを繰り返していたのだ。

そしてあの、曖昧《あいまい》さに満ちた、喜びの表情の裏側で本心では誰もが困惑を禁じえない新婚の夜々があった。夜の寝室は、天井に点《とも》る常夜灯のオレンジ色の光が支配していて、他の色が入り込む余地はなかった。壁もふすまも畳も、人間とはけっして目を合わせようとしない枕元《まくらもと》の目覚まし時計も、部屋の四隅の暗闇《くらやみ》までもが無理やり同意を強いられたように深いオレンジ色を帯びていた。彼は堅く両目をつぶって布団《ふとん》のなかで腕を組んだまま動かず、しかし意識はしっかりと保って隣の布団で眠る妻を気配だけで感じていた、じっと時機を窺《うかが》っていた。すると香水のような、花の香りのような、良い匂いが漂ってきた。妻の肌はその気質の通りとても乾いていた、不用意に触れればさらさらと雪崩落《なだれお》ちてしまいそうだった。それでも十五分か二十分もすれば、雫《しずく》の汗が何滴かシーツに落ちるほどに互いの身体《からだ》は温まった。

寒い冬の夜でもそうだったのだ。自分でも気づかぬうちに、彼は眠りに落ちてしまったのかもしれない。とうとつに、何者かに強く両肩を揺さぶられたような気がして我に返ると、妻はどこかへ消えていた。オレンジ色の光を頼りに、布団のなかや部屋の隅、押入れのなかまでを探すのだが、妻はどこにもいなかった。仕方なくあきらめて、彼はひとり眠りに落ちるのだった。

彼は製薬会社に勤めていた。薬局や薬店を回っての販売が仕事だったが、商品は恐ろしく売れなかった。丸一日、昼食も取らずに歩き続けてやっと風邪薬と歯磨き粉が一ダースずつ、などということはしょっちゅうだったが、会社へ戻ったら戻ったで上司からは激しい罵声《ばせい》が飛んだ。倉庫には一年分をゆうに越える在庫が眠っているというのに、工場は容赦なく千箱単位の生産ロットで製品を送り込んできた。ぎりぎりで終電に飛び乗る日々だった。彼も、彼の同僚ももがき苦しんでいたが、上司もまた同じように絶望のなかで働いていた。この絶望は個々に見れば絶望でしかなかったが、全体として見れば大いなる楽観だった。日本経済が長い好景気に入るのはまだもう少し先のことだが、個々人の悩みは経済の好不調などとはまったく別の場所で生まれるべくして生まれ、それぞれに克服されていたのだ。彼の仕事にも結婚を境にある変化が現れた。薬品店がすんなりと商品を引き取るようになった。それは彼が売り込んだ数量そのままではなかったが、ほぼそれに近いものだった。彼のことなど相手にもしなかった特約店の主《あるじ》までもが暖かく、笑顔で出迎えるようになった。この変化を彼は、五年もこの仕事を続けたことで自分もようやく認められた、中堅という扱いになりつつあるのだな、そんな風に考えていた。ところが、しばらく後になってから気がついたことなのだが、じつは結婚して家庭を持ったということで、彼はそういう扱いになったのだった。家庭を持ったからにはそうやすやすと会社を辞めたりはしないだろう、腰を落ち着けて仕事に取り組む覚悟ができたのだろう、そういう世評が必要だったのだ。これは組織への忠誠などとは別の、じわじわと圧《の》し掛かってくる拘束だった。つまりは、またも妻なのか！　彼は落胆した。そしてこれまでに経験してきたどんな場面においても、じつは裏で妻が糸を引いていたような、薄気味の悪さ、得体の知れなさを感じたのだ。

上司と一緒に行った、出張先での出来事だった。特約店との交渉を終えたあと、晩の会食の料理屋へタクシーで移って個室の障子をあけると、さっきまで一緒に打ち合わせをしていた特約店主のとなりに若い女が座っていた。茶色がかった長い髪をひとつに結び、白いノースリーブのワンピースからは細身の体型には不釣合いな、日に焼けたしっかりとした両肩が出ていた。上司はその女とは初対面ではないようだった。「ここの暑さは、東京の暑さとは、また少し違うでしょう？」女の馴《な》れ馴《な》れしさが鼻に付いたものの、不自然な感じはしなかった。どことなく皮肉めいた仕事の話も挟みながらの男たちの会話にも、ときどき加わってくるので、女が誰なのかはあえて尋ねず、彼も受け流しながら適当に相槌《あいづち》を打っていた。話しているうちに女は取引先の社員ではなく、それどころか薬品の仕事とはまったく関係ない、単に特約店主に食事に誘われたので来ただけだ、ということが分かった。見た目は派手ではなかったし、言葉遣いからしても水商売という風でもなかった。煙草《たばこ》も吸っていなかった。どうせ事務用品とか食品関係の出入りの業者か、生命保険の勧誘員とか、まあそんなところだろう。そんな女がどうしてこの接待の席にいるのか？そりゃあ特約店主が引っ掛けたから、愛人だからに決まっているじゃないか。美味《うま》い、高価な飯を食いたくて五十過ぎの嫌らしい年寄りにくっ付いてくる情けない女ならば、もっと下品にがつがつ食べればよいものを、料理にはまったく手をつけていない、酒も飲んでいない。乗り気でないのを、特約店主に無理やり連れてこられたのか？　少しばかり愛想が良いだけで自分の考えも口に出せない、こんな奴《やつ》を軽蔑《けいべつ》して済ませるのは簡単だったが、彼は女の若さが気になった。どう見ても二十三か、二十四か、いいところそれを少し過ぎたぐらいだ。だとすれば、ついこのあいだ高校か短大を出たばかりじゃないか、なんて恐ろしいことだろう、二十歳前後の数年間で女はこうも変わってしまう。女の若さが彼を一瞬、こいつを救ってやってても良いかな、という気にさせた。誘ったらこいつは付いてくるんじゃないだろうか。店を出る際《きわ》に酔っ払った特約店主の隙《すき》を見て、つまらない年寄りになんてくっ付いてないで俺と遊ぼう、お前にだって若い歳《とし》なりの別の興味というものがあるだろう？　もっと楽しい場所へ連れていってやる。――そんな言葉で誘ってみるのも面白いかも知れない。食事のあいだじゅうくだらない妄想が彼の身体から離れなくなってしまった。ということはつまり、彼もはっきりと意識はしていたのだが、女のほうでも彼の目をチラチラと窺っていたのだ。二、三度、いやもしかしたらそれ以上の回数で彼と女の視線は交わり、数秒間はそのまま動かなかったはずだ。もしかしたら特約店主と上司も気づいていたのかもしれないが、具体的な言葉は何も出てこなかった。しかし結局、食事の後は何事も起こらずに、特約店主は若い女とふたりでどこかへ消えていった。そこで初めて、上司は彼に聞いてきた。「お前はあの女を知っていたんじゃないのか、いったいあいつは誰なんだ?」

こういう客との接待の席でも、彼は酒をほんの付き合い程度にしか飲まなかったが、無理強いしてくるような相手もほとんどいなかった。しかし内心では面白くないと思われていたことはあったようで、酒の席でのひと悶着《もんちゃく》が、その後丸二年に亘《わた》って彼を苦しめた。その取引先の係長と彼とのあいだは、うまくもなかったが特段まずくもなく、適当な距離と疎遠にならない程度の頻度を保ちながら、それぞれの守備範囲のなかに落ちてくる仕事を、時機を逸せぬうちに拾い上げ淡々と処理する、そんな関係が続いていた。互いにどこか遠慮しながら付き合っているような感じがあった。ところがあるとき、若い担当者の送別会の終わり間際の時間だったが、周囲の誰ひとり気づかぬぐらいこっそりと、係長が彼の席の背後で立ち止まった。「もう一軒行くぐらいの時間は、君にだって残されているだろう」年の瀬の夜だった。客もまばらな、寂しい酒場ではほとんど言葉が聞かれることもなく、係長はひとり日本酒を呑《の》み続けた。向かいの席に座る彼は、ただひたすら係長がコップを空《から》にするのを眺めていた。するとせとつぜん、酔った係長が立ち上がって叫んだ。「いま、ここで、腕相撲をしろ」どうして腕相撲なのか？　彼にもまったくわけが分からなかったが、何か気に障《さわ》ったことをいったのであれば申し訳ない、自分が酒を呑まなかったことに怒ったのであればついでにそれも謝る。「何で謝るのか？　三十も過ぎた良い大人の男がそんな風に簡単に詫びるものではない、そんな風に簡単に詫びるのがそもそも気に食わない、別に俺がお前に怒らなきゃならない理由など何もない、そんな理由などそもそも俺とお前の、仕事だけの乾いた関係のなかにあるわけがないのだが、とにかく俺はお前と腕相撲をしたいのだ、徹底的にお前を負かしてやりたいのだ、お前をこの場で俺に平伏させたいのだ！」係長はそういった。こういうときには相手を酔っぱらいとして扱って、冗談で済ませてしまうのが一番賢いやり方だという世知ぐらいは、この年齢のころの彼もすでに身には着けていた。しかし本当に腕相撲は行われ、しかも彼は相手を負かしてしまった。係長の右手の甲をテーブルに叩《たた》き付けた瞬間、連続するストロボのような強い光が焚《た》かれて、彼はテーブルごと突き飛ばされた。床に尻餅《しりもち》をついて、ずいぶんと時間が経《た》ったあとから、皿やコップや割り箸《ばし》、つまみの残り、調味料の固まりが彼のワイシャツの胸から腹の辺りにかけて、順番にバラバラと落ちてきた。翌日の午後、取引先の係長の机の脇《わき》まで近づいていって「きのうは……」と話しかけた彼は、そのあと何を話しかけてもいっさい無視され、二年後に係長が支社へ異動になるまで、受付から内側には一歩たりとも入ることは許されなかった。電話も取り次いでもらえない状態が続いた。

向かい側からひとりの女が歩いてきた。頑《かたく》なに前だけを見て彼と視線を合わせることもなかったが、擦れ違うまさにその瞬間、スカートの裾《すそ》が彼の右手の中指の爪《つめ》に、嘘《うそ》のように微《かす》かに、触れた。夏の夕方の、油のように重い質感を持った西日の射《さ》し込む廊下だった。ああ、これはまずいな、彼は思った。酷《ひど》くまずいな、いますぐにではないが、近いうちにとんでもなく面倒なことになるだろう。外回りの営業と寝不足の日々のなかで、彼が本来持っていた美的感覚が麻痺《まひ》してしまっていたか、もしくは反対に過敏になっていた、そんな理由もあったのかもしれない。女は肉感的だった。少しばかり太っていたのだが、太っていることは服の上からでは誰にも分からなかった。首筋や二の腕には青い血管が透けて、腰なども彫刻のようにほっそりとして、角度によっては痩《や》せぎすにさえ見えたのだ。ところが彼だけがどういう拍子にか、女がじつは太っていることを見破ってしまった。それがその、夏の西日のなかで女のスカートの裾に触れた瞬間だったのかどうか？　そんなことは誰にも分からない。もちろん彼にも分からない。そんなことは問題ではない。問題はその秘密を知ったことによって、女と付き合うことはもはや避けがたい義務であるかのように彼には感じられた、そっちのほうだった。じっさいに服を脱がせてみると、はたして女は太っていたわけだが、おそるおそる踏み込んだぬかるみに案の定あしを取られて抜け出せなくなるようにして、夜になると彼は女に会いたくなってしまうのだった。せめて空に満月でも出ていてくれたなら！　女と会った翌朝には彼は必ず後悔した。駅へ向かう歩道では、もう既に高いところから見下ろす太陽が容赦なく疲労と湿気をワイシャツの彼に浴びせかけてきた。目を逸《そ》らすようにして革靴の足下を見ると、コンクリートの地面のうえでは真っ黒いアリたちが統率者も規則も持たずバラバラに、しかし運命を成就《じょうじゅ》するためだけに一心不乱に働いていた。アリたちは彼の古い友人、もう長いあいだ会っていない小学校時代のクラスメートのようにも見えた。――もう止《や》めよう、ぜったいに今晩は女のところへだけは行くまい。――彼はアリに誓うのだったが、日中の異常な忙しさと小さな失望の連続が、夜にはふたたび彼を女のもとへと向かわせていた。

女は同じ会社の、彼とは別の部署で働いていた。ときどき、用事があるような振りをしてその部署を覗《のぞ》いてみると、女は机に向かっていた。顔を机に触れるぎりぎりにまで近づけて、極端に猫背で、帳簿か伝票か、それとも取引先への手紙だろうか、何かの書きものをしているようだった。どうしてなのか、彼が覗いたときには女はいつでも後ろ姿だった。そして黒いストッキングを穿《は》いていた。周囲の誰ひとり気づいていないが、俺だけがこの女を知っている、わき腹や太ももにはしっかりとした量の脂肪が付いていることを知っている、会社で働いていると何かのきっかけにそのことを思い出す、すると人目もはばからず大声で笑い出したいような、仕事など投げ出して公園へ行って日向《ひなた》ぼっこでもしたいような、そんな優越感を感じてしまうことは自分でも認めざるを得ないのだ、彼はあるとき女に正直なところを吐露した。「あら、それならば、私にだってあるのよ」女はいじわるそうに微笑《ほほえ》みながらいった。しまった！　そうか、女というのは付き合っている男と同じ優越感を抱くものなのだな。ならば、と彼は考えた。――妻だってとうぜんのことながら、もう気づいているんだろうな。

妻が何かに感づいた素振りなどなかった。言葉のなかにも彼の浮気を勘ぐる刺々《とげとげ》しいものはひとつもなかったのだが、もともとがあんな妻のことだ、すべてを知っていても口に出していわないだけなのかもしれない、何か大それたことを密《ひそ》かにしかし着々と準備しているということだってありうるぞ。居間のテーブルに座る妻を、朝食のコーヒーにゆっくりと口をつける水蒸気と光のなかのその女性を、彼はじっと見つめた。しばらくそのまま視線を逸らさずにいてみた。妻は岩のごとく妻のままだった。彼と妻が結婚してからもうすぐ三年の月日《つきひ》が経とうとしていた。そして、かつては妻の浮気を疑っていた彼のほうが、いまでは下らない太った女と浮気をしてしまっていた、そんな情けない現実にはこれ以上一瞬たりとも耐えられないと彼は思った、自らを恥じた。俺はなんて身勝手な男なんだろう、まったく最低だ、しかしその最低も今日で終わりだ。その日の晩、ついに彼は女に別れたいと伝えた。「そうね、もうそろそろ」彼がいい終わるか終わらぬかのうちに、女はあっさりと応じた。そのときも女は黒いストッキングを穿いていた。いや、ちょっと待ってくれ、俺たちの仲はそんなに簡単なものじゃあないだろう、お互い無しでは一日たりとも生きていけないような、そんな仲だろう、後悔すると予《あらかじ》め分かっていることはするべきではない、そういいながら彼には、自分の口から次々に発せられる言葉がどうしても信じられなかった。現実の場面を見ているとはとても思えなかった。何者かにあやつられ、無理やりいわされているようでもあったが、じっさいに彼は必死になって女に思い止《とど》まるよう説得しているのだった。帰り道、彼は自己嫌悪《けんお》のあまり呆然《ぼうぜん》としていた。もう妻と一緒に住むことはできない、離婚するほかないだろう。しかし、その前に——彼はずいぶん以前からこれだけは決めていた。——母に会いにいかねば。

いつもならばバスに乗る、駅からの長い道を、彼はひとりで歩いていった。途中、葱《ねぎ》畑だろうか、赤味がかった茶色のやわらかな土が鍬《くわ》で一回一回ていねいに掘り起こされたことが分かる広がりの、その向こうには、朽ちかけた納屋《なや》があり、脇に一本の古い柿《かき》の木があった。晴れた秋の午後だった。枝には大きな、鮮やかな朱色に熟れた柿の実が五十や百ではきかぬほどたくさん生《な》って、それに群がるカラスたちはそれぞれにそしらぬ方向を向きながら無言のまま互いを牽制《けんせい》しあっていた。真っ黒い鳥たちもなぜだか不吉な感じはしなかった、青空の背景のなか、不思議に静かな、絵画のような印象を与えていた。しかし角を曲がると彼の育った家が、あの愛してやまない家がいきなり視界に飛び込んできた。彼が数歩あるくあいだにも家は入道雲のように大きく高く空へ伸びて、手前に圧し掛かってくるようだった。すると玄関のドアがいきおいよく開いて、小学校三年生の彼が出てきた。物置小屋の建付けの悪い開き戸を苦労して、子供の全体重をかけるようにしてなんとか開けて自転車を出すと、最初のひと漕《こ》ぎから全力でペダルを踏み込んで友達との約束か、それとも文房具屋か本屋へでも行くのか、大人の彼には一瞥《いちべつ》もくれずに、あっさりと脇を通り過ぎていってしまった。そうだ、俺は自転車にだって乗れたはずじゃないか、人間は中年になるとそんなことすら忘れてしまうものなのか。小学生時代の自分は露ほども危惧《きぐ》していなかった難問に直面しているいまの自分が可愛《かわい》そうでならなかった。彼は涙が止まらなかった。そしてすぐさま我に返り、自らが悲愴感《ひそうかん》に酔いしれていることに呆《あき》れ果てた。「前もって電話ぐらいはしなさい」母はもう目の前に立っていた。「でも、もうそろそろあなたが来ることは分かっていましたけどね」彼は黒いストッキングの女との一部始終を包み隠さず、自分でも驚くほどまるで友人の話であるかのように落ち着いて、少しの笑い話まで交えながら母に話すことができた。「息子が悲しむ姿だけは見たくないから」彼が妻と別れることを母は止めなかった。澄んだ秋の夕焼けを浴びて、枯れて色の抜けた庭の芝生はいままさに金色に輝き始めようとしていた。陽だまりで昼寝をしていた犬も何かの気配に気づいたのか、すばやく四本足で立ち上がり、しかし吠《ほ》えることもなくただ日没を見つめていた。犬の影が金色の芝生に長く伸びた。芝生の下には、子供の彼が寝転んで遊んだ三十年前と同じ小石や砂、割れた食器の破片などがいまでも埋まっているのかもしれなかったが、家族がこの家に越してくる前の、じっさいには経験しているはずのない記憶までがこうして次々によみがえってくるこの空間の不思議だけは、彼などには一生かかっても解明できないような気がしていた。じっさいそれで何ら問題などなかった。彼が生きていくということはおそらく、生み出される実在しない記憶をそのまま受け入れることに他ならなかったのだ。「その女の子が太っているということだけは、完全にあなたの思い違いなのだと思うわ」帰り際、母はひとこと付け加えた。

悪い空気が家のなかに残ってしまわぬように、彼は妻をホテルのロビーに呼び寄せた。戦前から創業している小さなホテルだったが、彼が生まれてまもないころに起きた、ある外国高官の暗殺事件の現場として、その名前は世に知られていた。到着してはじめて気がついたのだが、何と信じがたいことに、そのホテルは彼と黒いストッキングの女がしばしば密会に使っていた場所だった。しかしそんなことが本当に起こりうるものだろうか？　自分はそれほどまでに気が動転していたのか？　そういう自己不信や焦《あせ》りを上回って、人間という生き物の大胆さ、拘《こだわ》りのなさに彼は感動すら覚えた。待ち合わせの時間になっても妻は現れなかった。夜だったが、さすがに腹はまったく空《す》かなかった。何度かボーイが飲み物を勧めに近寄ってきたが、金なら払うがいまは何も要らない、水すらも持ってこなくてよい、そういって追い払った。液体でも固形物でも、少しでも何か飲み込めば、その瞬間にもどしてしまいそうだったのだ。大理石の白い床が、時間が経つごとにより白く、眩《まぶ》しく反射しているように彼の目には見えた。キャンドルの黄色い光に至ってはじっさいそのまま溶け出して、テーブルの上に毀《こぼ》れ出していた。待ち合わせの時間を四十分も過ぎてから、妻はようやく現れた。グレイのツイードのスカートに厚手のセーターを羽織り、頭には見たこともない毛糸の帽子を被《かぶ》っていた。外もさすがにそこまで寒くはないだろう、それともこの女は、俺が知らないだけで、じつは極端な寒がりだったとでもいうのか？　「シャワーを浴びていたから」この理由をどう受け止めてよいものか？　彼に対する先制攻撃だろうか、それとも自分を優位に見せたいという虚勢だろうか。思案しているうちに、妻は次の言葉を継いだ。「カレーとサンドイッチを頂きます」妻の食欲は旺盛《おうせい》だった。彼から話しかける間《ま》も与えずに、ふたつの皿は一気に平らげられた。これほどわき目もふらず食べることに没頭する妻をいままで見たことがない、そんな病的なまでの食欲だった。すべてを食べ終わったあと、とうとう妻は彼にこう告げたのだ。——「妊娠したの。間違いないわ」そしてその、生まれてくる子供の父親は彼だということも疑いようがなかった。定められたその一夜、彼は確かに家にいて、妻と性交していた。科学や医学を信じる現代人であるならば、誰もが納得するに足る条件がひと通り揃《そろ》っていたが、唯一《ゆいいつ》その当人である彼だけが判断保留という札を掲げたまま沈黙を保っていた。しかしその沈黙だってほんの五分、長くても十分というところだっただろう、彼は声こそ出さなかったが笑いがこみ上げてきて仕方がなかった。そういう結末が用意されていたのか、ぐずぐずと思い病んでいるあいだに、時間のほうが俺を追い抜いてしまっていたということじゃないか！　なんて馬鹿馬鹿《ばかばか》しい。——そう思った瞬間だった、彼じしんの時間が巻き戻され、一気に不安の淵《ふち》に投げ込まれた。つまり新婚のころの、あの、巨大な生き物が暴れている、荒れ狂う沼を見た朝のように、周囲の誰もが知っているある重要な事実が彼にだけは知らされていないような、彼だけが狂っているか、もしくはまったく同じ意味で、狂っていないのは彼だけか、そんな孤独な思いにふたたび囚《とら》われるのだった。

妻は娘に母乳を与えている。なんて原始的な眺めだろう。ソファーに腰かけ、左ひじで赤ん坊の頭を支えながら、シャツをめくり上げて片側だけ出した乳房を赤ん坊の口に含ませている。赤ん坊の視線は母親の目を見つめたまま固まって動かず、まばたきすらしない。膨らんだ腹も、手足も動かさない。ただ口もとだけが規則的に、機械的に、早い収縮を繰り返している。そうか、いまでも赤ん坊には本物の母乳を飲ませるものなんだな。彼が生まれたころ、いやもう少し後だろうか、赤ん坊は粉ミルクで育てるという時代があったはずだ。けれど病気の問題が起こったために、最近になってふたたび母乳に戻ったということなのだろうか。とにかく、彼の娘はどんな文明に頼るわけでもなく、母親の身体《からだ》から供出される乳だけを飲んで、その栄養だけを支えにして、現に生きている。何てすばらしいことだろう！　だがこんなことで驚いてはいけない。そもそもこの子供は、母親その人から、人間の肉体から、激しい痛みと出血を伴って生まれ出てきたんじゃないか！　出産のとき、妻はほとんど丸二日間の陣痛に耐えた。「自分が死ぬ、という恐怖心はなかったけれど、しかしこれほどまでに凄《すさ》まじい痛みであれば、世の中にはお産で死んでしまう人がいるのも無理はない」この時代、あと十五年もすれば二十世紀も終わろうかというこの時代に、かくも野蛮な賭《か》けが日常的に行われている、仮にいずれ人工授精と無痛分娩《ぶんべん》が主流になる時代がくるとしても、それでも人間の肉体から赤ん坊が生まれ出てくることに変わりはない。ならば、これを原始的などと誰がいえるだろうか。赤ん坊は一晩に何度も泣いた。子供が寝ついたあと、布団《ふとん》に入った彼と妻には短い静寂が訪れる。一日の労働のあとの柔らかなまどろみと、新婚のころの性生活の記憶の染《し》みついた常夜灯のオレンジ色の光のなかで、はるかどこか遠くの窓が少しだけ開《ひら》く。弱い風が路地を吹き抜けるような、何かを壁に擦《こす》りつけるようなきれぎれの音が聞こえ、次第にそれが近づいてくる。赤ん坊が泣いている。——彼がそう気づいた瞬間、天井を突き刺すほどに鋭く、いきおいよく妻は飛び起きて、ふたりのあいだに寝ている赤ん坊を救い上げた。すると寂しさのなかでその助けを待ちわびていたのだろう、赤ん坊も遠慮なく大声をあげて、堰《せき》を切ったように泣き出した。真っ暗なリビングルームで、まだ泣き止まない子供のおむつを換え母乳を与える妻の、ぼんやりと青白く発光する姿を彼は布団から起き上がることもできずに、横になったまま薄目を開けて見ていた。しかしその妻にしても目は瞑《つむ》ったまま、眠りながら作業を続けているのだ。子供を横抱きにして妻はふらふらと立ち上がり、テーブルの周りをゆっくりと、何かをなぞるようにして歩いて回った。もしかしたら小声で古い子守唄を歌っていたのかもしれないが、それは子供に向けてなのか、自分に向けてなのか。この上なく慎重に、わずかな振動も与えぬよう細心の注意を払いながら、ようやく寝かしつけた子供を布団の上に、水平に降ろす。小さな両手はやさしく握られ、腕は万歳と上げている、そして両目が確かに瞑られたままであることに安堵《あんど》しながら妻は、自らの布団へと倒れ込む。ところがほんの一瞬の間《ま》を置いたのちには、あの路地を吹きぬける風の音がふたたび聞こえてくるのだ。英雄的な義務感が眠りに沈んでいる妻の身体を立ち上がらせ、一時間前と同じ作業が、まったく同じ順番と苦労で繰り返される。——新しいおむつを当て、母乳を与え、横抱きにして揺りかごの要領で寝かしつける。彼が気づいた限り、三度目までは同じことが繰り返されたはずだ、しかし同じ一晩のなかで四度目が起こることはなかった。どんなに赤ん坊が激しく泣き叫んで、母親を呼び求めても、妻は死んだように眠ったままだった。眠さと寒さと疲労のために、いまや母親その人が子供になってしまったのかもしれなかった。冬の、明け方の四時だった。こんな夜はじつはもう三ヶ月も続いていたのだ。仕方がない、次は俺の番ということだな、ゆっくりと時間をかけて彼は布団から起き上がった。抱き上げようと近づくと、赤ん坊は狂ったように喚《わめ》いた。どうして泣き止んで、素直に眠りについてくれないんだ？　おむつも汚れていないし、お腹《なか》だってもういっぱいだろう、熱があるとか、病気だということでもない、どんな理由で、何が不満でこれほど泣き喚くのかしらないが、お前の父親にしても母親にしても、もう疲れて疲れて、自分がいま起きているのか眠っているのか、その境目すら判然としないのだ、だからもしかしたら子供のお前にしたって、睡魔の生み出した幻影だと思われても無理はないのかもしれないぞ。

——口に出したのか、心のなかで呟《つぶや》いたのか、それとも別の遠いどこかから聞こえてきたのか、彼じしんにも分からなかったが、いずれにしてもその言葉の直後、抱き上げようと左手を差し出したときだった、子供は足で布団を蹴《け》るようにして、昆虫を思わせるすばやい動きで彼の手を逃れた。どうしてなのかそれは、起こるはずのないことが起こったようにも思われた。気を取り直してもう一度、左手と右手を両側から互い違いに差し出してみた。自らの身長ほど、子供はシーツのうえを音もなく滑らかに移動した。じっさいには子供はとっくに泣き止んでいたのだ。何度捕まえようとしても駄目だった、よろめきつつも彼は必死に追いかけたのだが、仰向《あおむ》けに寝たままの子供には指を触れることすらできなかった。そしてそのまま前のめりになって、畳のうえへ突っ伏した。二時間後、銀色の粉のような冬の朝日のなかで静かに眠る妻と子供を見下ろしながら、猛烈な睡魔のために彼の全身はとろけてしまいそうだった。このとき、彼の方こそが幻影なのかもしれなかった。そして朝食もお茶も取らずに仕事へと向かった。

ちょうどこの年、プラザ合意のあと短期間に極端な円高ドル安政策が採られた。一ドル二四〇円だった為替は、その年の暮れには二〇〇円を割り、翌年には一五〇円台をつけるまで円高が進行したのだが、円高で輸出競争力の落ちた国内の製造業を救済するために、日銀は繰り返し公定歩合を引き下げた。その結果、不動産や建設業、自動車産業などを中心に日本の国内需要が活気づいてきた。製薬業界もその流れを受けてなのか、恐る恐る業績が上向いてきていたが、それは決算報告書上の数字だけのことであって、じっさいの職場では働けば働くほど儲《もう》かってしまうために、従業員は際限なく働かされていた。新製品が次々に市場に投入され、受注額は倍増し、長時間の残業が常態化していた。そういう状況のなかで、赤ん坊の夜泣きに悩まされていた彼は昼も夜も、ただひたすら眠かった。季節に関係なく、一年中眠かった。気がつくと会議はすでに終わっていて、彼ひとりがその場に残されていたことまであった。それでも子供は希望だった、今夜もまた睡眠を妨げられると分かっていても、仕事から解放されれば彼は子供の待つ家に大急ぎで帰るのだった。子供というのはじつは、世間一般に思われているような弱い、虐《しいた》げられた存在ではなく、あらゆる社会経済情勢の変化や大人側の事情に対して、問答無用で優位に立つことができる圧倒的な強者なのだ。生まれたばかりの子供のいる家であればどこの家でもそうであるように、この時期の彼と妻の生活も子供を中心に回っていた、時間の使い方も金の使い方も、優先順位の一番上はいつも子供だった。黒いストッキングの女とも、けっきょく一年以上の時間がかかったが、別れることができた。付き合った期間が三ヶ月にも満たなかったことを考えれば、それはまったく非効率な、採算に合わない契約だったわけだが、もし子供が生まれていなければこの関係はもっと泥沼化して、醜い事態に陥っていたことは想像に難《かた》くない。子供の強引な支配力こそが彼を救ったのだ。彼は妻に隠れて、密《ひそ》かに子供に感謝していた。

　ところが女たちは執拗《しつよう》に彼の前に現れたのだ。あるときは取引先の応接室で、相手方の部長が書類を取りに一瞬席を外した間《ま》、それを狙《ねら》って待っていたかのように髪の長い、背の高い女がとつぜん入ってきた。お茶を入れ替えると油断させておいて、ひんやりと冷たい手の甲で、彼の右の頬をすばやく撫《な》でて、声をあげて笑いながら出ていった。別のあるときは会社のエレベーターだった。最初は五、六人が乗っていたのに気がついてみると若い女と彼のふたりきりになっていた。まだ勤め始めて間もないように見える、紺色の制服姿の、真面目《まじめ》そうなその女を、彼はそれまで見たことすらなかった。女は恥ずかしそうにうつむきながら、しかし閉じたままの口を横に広げてかすかに微笑《ほほえ》み、上目遣いで、一歩ずつ摺《す》り足で彼に近づいてきた。ふざけるな！　馬鹿にするな！　せっかくあれだけ苦労して黒いストッキングの女と別れたのだ、そんなにやすやすと同じ罠《わな》に落ちてたまるものか。もう三十五歳にもなろうという彼にどうして若い女たちが接近してくるのか？　性的な関心だけではない、知ればどうせがっかりするだけの打算か下心だってあるのだろうが、ならばそれはいったい何なのか？　まったく不明だったが、とにかく彼は危険な場所、男女関係の匂《にお》いのする場所からは一刻も早く立ち去るように心掛けた。だが、彼ひとりの意思を越える力などこの世の中にはいくらでも存在する。真夏の、深夜の十二時を回った、終電間際《まぎわ》の電車だった。ドアのわきにひとりの女が立っていた。背は彼と同じか少し低いぐらい、髪は肩に触れる長さ、細身に水玉模様のワンピースを着ていたが、なにより彼の興味を引いたのは、その女がサングラスをかけていることだった。茶色い縁に小さなレンズの、洒落《しゃれ》たものだったが、それにしても日が落ちたあとの電車のなかでまでサングラスを外さないというのは、どうにも自惚《うぬぼ》れの強い女だな、ところが困ったことには、そのサングラスの上からでも、いまこの瞬間、彼が目の前にしているのが理想の女であることだけは明らかだったのだ。いままでの人生のなかで理想の女を捜し求めたり、思い描いたりしたことなど彼には一度もなかった。しかしこのサングラスの女を知ってしまったからには、これより上を想像することはもはや不可能だった。これをもって生涯の理想の女とすることに一片の迷いもない、それほどまでの美しさだった。そうはいっても要するにそれは外見だけのことだろう？　いや違うな、内面までをも保証する、完璧《かんぺき》な外見というものもごく稀《まれ》にだが存在するのだ。頭が悪いな、そういうことじゃあない、たいていの場合、人は誰かを見るとき、外見を見ているふりをして、じつは外面など見ずに内面ばかりを見ている、他者の外見と内面は、本当のところすり替わってしまっているのだ。とにかく彼はこの女から目が離せなくなってしまった。周囲の乗客も不審に思い始めていたのかもしれない。彼は女の真っ正面に仁王立ちになっていた、腕組みまでしていたのだ。少しぐらい電車が揺れようが身体は垂直に立ったまま微動だにせず、女の顔を、眉間《みけん》の辺りをまじまじと見つめていたが、女が同じように彼を見返していたかどうかはサングラスのせいで分からなかった。たまたま電車のなかで出会っただけの美人にこれほど自分が夢中になっている異常さを彼は怖《おそ》れた。だが、もうまもなく電車は彼の降りる駅に着く、そうすればすべては解決する。今日という一日も終わり、この女が与えてくれた激しい興奮の余韻だけがしばらくのあいだ俺に残るのだろう、そして一週間もすればそれも空中へ蒸発して、いっさいを忘れてしまうのだ。つまりこのときの彼はまだ高を括《くく》っていたわけだ。じっさいに電車が駅に到着し、ドアが開いていた一分にも満たないあいだ、彼の靴底は床に貼《は》りついたままだった。誰か知らない他人の記憶のようにドアは開き、しばらくの静寂のあとでふたたび元通り閉まっただけだった。まったく驚くべきことだ！　俺は降りなかった、まだ電車のなかにいる！　ならばその原因だってまだ電車のなかに残っているだろう。確かにサングラスの女は彼の正面にいた、女の表情にとくに変わったところはなかった。やがて電車は終点に到着した。まばらな人の流れに混ざって、改札を抜ける女から数歩遅れて、彼は歩いていた。駅前だというのに墓場のように静まりかえった町だった。住宅街の道路は車も通らず、白く光る街灯にただ無数の羽蟻《はあり》が群がっているだけだった。どうしてなのか彼は脈絡もなくとうとつに、女は足が悪いのではないかと思った。前を歩く姿を見る限りそんなことはないようだったが、そのかわりに女は小さな水色のハンドバッグを持っていて、それを左ひじにかけていた。すぐ後ろには彼がいることに気づいていないはずはないのに、一度も振り返ることなく黙ったままでいられる女の不敵さが彼の敗北感をどうにも増した。とてもかなわない、最初から、今日という日が始まる前から、いや、もう何年も前から勝負はついていたのだ。女はアパートのドアを開けて、彼を招き入れた。部屋の電気を点《つ》け、いよいよサングラスを外したとき、その素顔は彼が思い描いていた美しさとはまったく違っていた。誰が見ても文句のつけようのない美人であることは間違いないのだが、目蓋《まぶた》の頂点から目尻《めじり》にかけてかすかに下がる、潤《うる》みがちの目は、このような出会い方をしてしまった女としては少し優しすぎるように思えた。じっさいに彼女の目を見ることではじめて、彼は自分が、睨《にら》みつけられ糾弾されるような、冷酷なまなざしをサングラスの下に期待していたことに気がついた。そうか、目を見るまでは、その人を知ったとはいえないということか、ならばすべての過去のなかで、一度でも俺は妻の目を見たことがあっただろうか？

――しかしこのときの彼に後悔などはなかった。既に彼は負けていたのであり、もともと負けることを望んでいたのであり、サングラスの下の女の素顔を受け入れることによって、その敗北は完全なものとなったのだから。

けっきょくその日、彼はサングラスの女の家に泊まってしまった。サングラスの女との付き合いは黒いストッキングの女のときとは違って切羽詰ったところがなかった。性欲に追いまくられ急《せ》かされるように毎晩女の許《もと》へ通うような関係ではなかったし、それどころかときには数ヶ月も会わないことさえあった。食事だけして夜の早い時間にそれぞれの家へ帰宅することもしばしばだった。それでもやはりこれは浮気以外の何ものでもないことを彼じしん十分に認識していたが、どこか自らに対するあきらめか、もしくは開き直りに近いような気持ちが、逆に彼に落ち着きと大胆さを与えていた。大きな均衡を保つためであれば、浮気といえども男の人生の一時期には許されうるに違いない。――凡庸な中年の男が陥りがちな誤りを彼もまた犯していたわけだが、じっさいのところこの時期には仕事もまあまあ順調だったのだ。気の休む間もない営業と接待の日々はあいかわらずだったものの、そこにはある種の既視感が生まれつつあった。日々彼の机に持ち込まれるこの上なくやっかいなトラブルや商品に対する苦情も、少し離れて遠目に見てみれば、過去に対処したことのある案件の焼き直しに過ぎなかった。彼が本気になるより前に、トラブルは消え去っていた。彼を頼りにする人間が会社のなかに増えてきていた。自分ではあまり気づいてはいなかったが、彼もまた会社員としての実績と経験を積んでいたのだ。仕事の方がそうなってくると、私生活の方も、少なくとも表面上はなんとなくうまく回っているように見えるものだ。彼の娘はもう二歳になっていた。ある朝起きるなり、彼はとうとつに思いついて妻にいった。「子供を連れて出かけるぞ」会社は仮病を使って休んだ。行き先も決めていなかったが、とりあえず下りの電車に乗ってみることにした。もういつ本当の春が来てもおかしくはない冬のいちばん最後の、晴れた朝だった。電車の窓から見える、まだ植えたばかりの痩《や》せこけた桜の街路樹でさえも、その枝の先端では朝露にぬれた固いつぼみが、真綿《まわた》のような陽光を浴びて銀色に輝いていた。おなじ光を受けながら向かい側の座席で眠る黒いコートの老いた会社員は、いまやいっさいの責務から解放され何もすることのない安穏に浸りきっているようだった。隣に座る女子高生も、その向こうの年配の女性と痩せた青白い男も、電車のなかの誰もが、もう二度と目覚めることはないのではないかと見る者を不安にさせるほど熟睡していた。彼の家族は遊園地のある駅に降り立った。すると二歳の子供でも感じ取るところがあるのか、娘は全体重でぶらさがるように両親の手を引っ張って、前のめりになって走り出すのだった。むかしから名前だけはよく聞く遊園地だが、じっさいに行ってみたという話は不思議なことに誰からも聞いたことがない、しかもこんな季節の平日だ、どうせ寂しいぐらいに空《す》いているのに違いない。駅前もあまりに閑散としていた。もしかしたら今日は休園日なのかもしれない、別にそれならそれで構わないのだが。ところがじっさいには彼遊園地の門のまえは入場券を買う客の長い列で埋まるほどの混み方だったのだ。彼のような家族連れや学生のグループが多いようだった。「だって、ちょうどいまは春休みだから」そうだよな、学生には春休みというものがあるんじゃないか。いや、いくら大人の彼だって、春は学校が休みになることぐらい忘れていたわけではないのだが、自分にもかつては持て余すほどの休暇があったといういまさら疑いようもないその事実が、これから何十年もの娘の人生をつらぬく恩寵《おんちょう》——思春期の尽きることのない悩みや失恋、物欲、悪意、意思の弱さ、凡庸さ、数々の修羅場に至るまでのすべてを、それこそ貘《ばく》のように一緒くたに飲み込んでくれる時間の万能——を保証してくれているような、そんな楽観的な気持ちになるのだった。遊園地は、どうしてよりによってこんな場所を選んだのかと訝《いぶか》りたくなるほど急な丘陵の傾斜面に作られていた。特段珍しいところもない、むかしながらのメリーゴーラウンドやゴーカート、ジェットコースター、お化け屋敷、動物や昆虫が這《は》っている姿をした乗り物などがあるだけなのだが、おおぜいの客がいるにもかかわらずそれらは奇妙に閑散とした印象を与えていた。それぞれの遊具の位置が不必要に離れすぎているのだ。いちばん奥まった、斜面を登りきった丘の頂上には、この規模の遊園地としてはあきらかに不釣合いな、巨大な教会を思わせる観覧車がそびえ立っていた。敷地も細長くいびつで、場当たりで細々《こまごま》と付け足し続けた結果としてたまたま現在の姿があるような無計画性が、この遊園地には確かにあった。園内に入るなりいきなり出会った着ぐるみのウサギとクマに娘は驚き、恐れ、泣き出してしまった。しかたなく彼は娘に綿菓子《わたがし》を買い与え、芝生のベンチに座らせてそれを食べさせたが、薄桃色の菓子は子供の柔らかく暖かいくちびるに触れた瞬間、黄金色《こがねいろ》のザラメに戻ってしまうのだった。太陽は晴れた空の、乾いた冷たい大気の中で静止していた。弱い風が吹いて、むかしどこかで嗅《か》いだ憶《おぼ》えのある花の匂いを運んできた。スズメが四羽か五羽、客の落とした食べ物のかけらを探して小刻みな跳躍を繰り返していた。足もとには微《かす》かに湿った枯れた芝生と、霜柱があった。霜柱なんてもう何十年ぶりだろう、声にこそ出さず、彼はひとり古い感慨に浸っていたが、それを確かに聞きとめたかのように、娘は子供らしくない身軽さでベンチから飛び降りると、靴のかかとで二度ほど、霜柱を軽く踏んだ。綿の布地でできた、赤い小さな靴だった。地面からは笛のような、ソプラノの歌声のような小さな音が上がった。「どう？」という大人びた表情で娘は彼を見て笑い、それから妻を振り向いて笑った。彼と妻も頷《うなず》き、笑顔を返してやった。気を良くした子供はもう一度、靴のかかとで霜柱を踏んでみた。やはり同じ音がした。満足した娘は、今日この場所で自分がやるべき仕事はすべて終えたような顔をして、誇らしげに両親の膝《ひざ》もとに戻ってくるのだった。

売店で弁当を買ってベンチで食べたあと、三人はしばらく遊園地のなかを歩いてみた。「こんなところに連れてくるには、二歳はすこし早や過ぎたんだな」彼の言葉に、妻は彼ではなく子供の方を見ながら頷いた。誰の意思というわけでもなくぶらぶらと、人の流れに任せるがままに出口近くまで歩いてきたところで、妻がとつぜん向きを変え、指差しながらつぶやいた。「せっかく来たのだから、観覧車にだけは乗っておきましょう」そのときの妻は、たしかに丘の頂上を見上げていた、しかし言葉は別の遠い場所で話された過去の言葉のように、遥《はる》かに聞こえた。――そうか、しまった！　もしかしたらこの観覧車は家《うち》の窓からでも、夕焼けのオレンジ色の稜線《りょうせん》からわずかに飛び出る小さな黒い半円形として見えているのではないだろうか？　きっとそうだ、そうに決まっている。結婚して、新居を構えてからの六年間というもの毎日、妻は遠くにこの観覧車が見えることだけを支えに生活してきた、いつも妻が見ていた遠くの一点とは、まさしくこの観覧車に他ならないのではないか！　――だが落ち着いて、冷静になって考え直してみれば、彼の家の窓が開いている南側は、この遊園地のある町とは真反対の方向だった、観覧車など彼の家からは見えるはずがないのだ。何だ馬鹿馬鹿《ばかばか》しい。ところがそう思い直したときには既に、妻の発した一言によってできあがった新しい流れが三人を観覧車の前まで連れてきてしまっていた。青空の背景にそびえる巨大な円形の鉄の塊りを見上げながら、彼はフレームに配置されたゴンドラの数をかぞえてみた。ゴンドラは全部で四十六基だった。四十六？　四十五であれば円の三百六十度を割り切ることもできるだろうが、ひとつ多い四十六というのはいったいどういう理由なのだろう？　彼はもう一度数え直してみたが、やはり間違いない、ゴンドラは四十六基だった。ならば俺はその最後の、四十六番目のゴンドラに乗ってみたいものだ、きっとそこには幸運があるに違いない、しかしそれはどうやって見分けることができるのか？　確率の問題だろうか？　母数の問題だろうか？　いや違う、たかが観覧車のどのゴンドラに乗るかだって、それは予《あらかじ》め定められた未来なのではないか？　もし本当にそうだとすれば、これもその証拠といえるのかもしれない。――怖い、乗りたくないといって泣き喚《わめ》いていた娘でさえも、じっさいに彼らの乗ったゴンドラのドアが係員の手によってすばやく、冷酷に閉められ、遊園地独特の浮かれた空気から遮断されて、ひとつの限定された空間ができあがると同時に、いっさいの欲望を捨て去るようにしておとなしく泣き止《や》んだのだから。緊張した静寂のなか、地上から見上げていたときの予想を裏切る意外なスピードで見る見る地上から上昇し、そして円周の頂点に達したとき、この場所のいちばん高い位置から俯瞰《ふかん》するほんの一瞬だけ、不必要に広い間隔を取りながらバラバラに置かれているようにしか見えなかった遊園地の遊具たちが、じつは扇形のなかにすべてきれいな等間隔で配置されていることがくっきりと浮かび上がった。だが妻の視線は遊園地よりももっと遠く、彼らが乗ってきた私鉄の線路が緩やかに左手にカーブしながら鉄橋で県境の一級河川を渡り、そこから先、都心まで延々と続く平らな住宅街へと向いていた。それらひとつひとつは違うはずなのに、こうして高い位置から眺めると、すべての住宅やビルやアパートや商業施設、ゴルフ練習場、工場、学校の校庭や公園、雑木林ですらも不思議に均質に、傾き始めた三月の午後の日差しのなかでみな平等に、古い写真のようなベージュ色を帯びているのだった。

その日の夕方、帰宅した彼は何かの用事で妻に話しかけた。子供をどちらが風呂《ふろ》に入れるかとか、疲れたから夕飯を外で食べるかどうするかとか、そんな用事だったかもしれない。妻は彼の言葉に応《こた》えなかった。また妻の気まぐれな不機嫌が始まったのかな？　でもどうせ明日になれば戻るだろう、彼は深くは気にかけなかった。

翌朝、妻は彼と口を利《き》かなかった。

次に妻が彼と話したのは、それから十一年後だった。

十一年というもの、彼が家で食事をすることはなかった。朝は妻と娘が起きるよりまえに家を出て、駅の売店でパンと飲み物を買った。夜はできるだけ仕事関係の会食を入れるようにしてみたが、やがてそんな労力も馬鹿らしいと気づき、ひとりでも気を使わない場所で簡単な食事を摂《と》って形ばかりの酒を飲んだり、サングラスの女と待ち合わせしたりした。帰宅するのはかならず家族が寝静まったあとの深夜だった。週末をどう乗り切るか？　それが十一年間を通じての彼の最大の悩みだった。土曜日は出勤した。若いころは毎日上司の罵声《ばせい》を浴びて、あれほど辛《つら》い目に遭った。この職場が、いまではいちばん気持ちが落ち着く場所になってしまっていた。薄灰色の無表情な机や椅子《いす》、蛍光灯、不気味に沈黙し続ける電話機、誰とも所有者の決まっているわけではない筆記具や電子計算機、書類の一枚一枚や更にはホチキスの針一本一本に至るまでが自分の肉体の延長であるような気がした。これが一種の神経症であることは彼も自覚していたが、一方で、それほど最悪の症状でもないのだろうと信じてもいた。困ったのは日曜日だった。映画やコンサート、やりたくもないゴルフなど、無理やり理由を見つけて早朝から夜まで外出してみたが、外出するための理由も、金も、すぐに尽きてしまった。日曜日、家にいるほんの一時間が彼にとっては途轍《とてつ》もなく長く、苦痛だった。ゆいいつ娘だけが救いだった。珍しく家にいる彼を見つけると娘は、折り紙で折った動物や手紙を届けてくれた。そこにはクレヨンで描いた花や虹《にじ》の絵や、文字を模した永遠に解読されない記号が書かれていた。海に浮かぶどこか見知らぬ島と、そこに遊ぶ娘じしんの大きな姿と彼の小さな姿が描かれていることもあった。紙の切れ端であろうとティッシュペーパーであろうと何であろうと、彼はそれらの娘からの贈り物をぜったいに捨てることなく、ひとつの大きな茶封筒に纏《まと》めてどこへ行くにも大事に持ち歩いていた。年に何度かはどうしても妻と話す必要に迫られることもあったが、そういうときでも全《すべ》ての会話と伝達は娘を通じて成された。驚くべきは、たとえそれが税金の話だとか、冠婚葬祭、アパートの家賃、生命保険の更新などであったとしても、娘はりっぱに仲介役をやり遂げたということだった。だってまだ幼稚園に上がるまえの子供だぞ、さすがにそれは無理があるのではないか？　しかしそこで彼が学んだことは、そういった経済や社会的システムを駆動し続けるための原理とは、じつは手続きとしては笑い出したくなるほど単純明快で、子供でもじゅうぶん理解可能なようにできている、大人は専門性という幻想や金が絡《から》むことによる失敗への恐怖、そして言葉の定義の曖昧《あいまい》さに騙《だま》されているだけだということだった。

この家庭がバラバラに空中分解しないで持ち堪《こた》えているのを、まるであり得ない奇跡の連続でも見るかのような目で彼は眺めていたが、それにしても妻はどうして口を利かなくなってしまったのだろう。あの遊園地を訪れた一日のなかのどこかに、恐らくは「観覧車にだけは乗っておきましょう」というあの一言に、理由そのものとまではいわないにしても、何らかの示唆《しさ》が隠されていることは想像に難《かた》くなかった。十一年のうちの最初の二年間、彼はそのことばかりを考え続けていた。妻は、彼とサングラスの女の関係を知ったことによって、観覧車に乗りたい、いや、乗らねばならないという思いに至ったのではないだろうか？　あらゆる記憶を掘り起こしてみたが、過去の時間のなかでは彼と観覧車との接点は皆無だった。「まったくとうとつな質問で申し訳ないが、観覧車に乗ったことがあるだろうか？」ジェットコースターよりはまだマシだが、誰に頼まれても、金を貰《もら》ってもあんなものには乗りたくない、サングラスの女は極度の高所恐怖症だった。あらゆる可能性に当たっておこうと観覧車の歴史まで調べてみた。パリ万博のエッフェル塔に対抗するため、一八九三年のシカゴ万博でフェリスという橋梁《きょうりょう》技師が自らの全財産を叩《はた》いて作った三十六基のゴンドラを持つ観覧車が、世界で最初の観覧車だった、というその起源がまるで作り話のように良くできているだけのことだった。こんなことをしたところでまったく無意味だと知りつつ、わざわざ双眼鏡まで用意した上で、彼はあの遊園地の観覧車にひとりで乗ってみたこともあった。あの高い場所から何が見えるのか、もう一度確かめずにはいられなかったのだ。見えたものはあのときと同じ、都心の高層ビル群まで延々と途切れることなく続く住宅地だった。しかしゴンドラが頂点を過ぎ、降下に転じようとしたそのとき、彼はとつぜん、目の前に広がる風景のなか、針で刺した何《いず》れかの一点こそが、彼が家族とともに住むアパートであり、異なる別の一点はサングラスの女がひとり孤独に暮らす部屋であることに気づいた。

——そうだ、馬鹿なのは俺の方だ、家の窓の向きなんてそんなことはどうでもよかったのだ、この視界のどこかに、いや世界のどこかに俺の家がある、女の家もある、反対側からは常に見えているのだ！　焦《あせ》りながら双眼鏡の倍率を最大まで上げて、彼はさまざまな方向を必死になって探してみたが、レンズのなかでは無数のベージュ色の屋根が凄《すさ》まじい速度で連続して現われ、回転しているばかりだった。

めったにないことだったがときには、自分がいま置かれているこの膠着《こうちゃく》した状況をどう打開したものか、これからどう行動するべきなのか、彼はサングラスの女に問いかけることもあった。さすがに彼も弱気になっていたのかもしれない、そうでなければ、この悩みの原因であるサングラスの女こそがいまの自分の相談相手としてふさわしい、他でもない彼女こそがきっと解決策を導き出してくれるはずだ、そんな矛盾した考えに彼は魅せられていたのかもしれない。ふたりは中華料理のレストランにいた。疲弊した彼を思いやって、サングラスの女から誘った食事だったが、仕事を抜け出せなかった彼はけっきょく約束よりも二時間以上遅刻した。ふたりの他には店にはもう客はひとりもいなかった。どうしたことか店員までもが彼らふたりを忘れて帰ってしまったように、店ぜんたいがひっそりと静かだった。スピーカーから小さな音で流れていた音楽も止まってしまった。春だったので、赤いテーブルの中央に置かれた一輪挿しにはスミレの花が生けてあった。真上から射《さ》す白熱灯の強い光を受けた紫色の花は、これが本当に自然のなかに当たり前に存在する色彩とは思えぬほどに鮮やかだった。その花の向こう側で、彼の理想の女はやさしげに微笑《ほほえ》んでいた。長いあいだ待たされたというのに、彼のことは露ほども責めなかった。「初めから、約束の時間に来ないことは分かっていたから」緩やかな弧を描きながらその先端では鋭く細く消えていく眉《まゆ》、いつでもわずかに涙を含んだような瞳《ひとみ》、これ以上高いとバランスを壊してしまう寸前で抑えられた中世の肖像画めいた鼻、健康的というよりは性的な魅力の勝る適度な肉のついた両頰、つまりこの女の外面の美しさとはやはり内面の美しさだったのだ、というあまりに安易な解釈に彼はふたたび陥りかけたが、女の発した一言にはどこか引っ掛かるところがあった。「約束の時間に来ないことは分かっていたから」俺が遅れてくることを予め知っていながら、彼女は約束の時間きっかりにこの店に到着して、先回りしてこの席で待っていたわけだ。ならば、同じことじゃないか！　簡単なことじゃないか！　そのとき彼はあっさりと悟った。——妻はもう何年も前から知っていたのだ。「別にいまに限って怒っているわけではない」恐らく妻は、俺と結婚する以前から結婚後に起こるすべてを知っていた、妻の不機嫌とは、予め仕組まれた復讐《ふくしゅう》なのだ。妻は俺に復讐するために結婚した、しかし復讐せねばならないだけの理由、つまり俺の浮気は、じっさいには結婚した後に起こった。——この論理はあきらかにおかしい、因果関係が、時間の進行方向が反転している。しかし永遠の時間、過去・現在・未来いずれかの時間のなかで確実に起こることならば、ひとりの女といえどもそれを予め知ることが不可能だなどと誰がいえるだろうか？「ひとりの、定められた女であればこそ、すべての時間を往《い》き来することができる」——あたかも自分じしんこそが定められた女であるかのごとく、サングラスの女が低く太い、男の声で呟《つぶや》いたように聞こえた、じっさいには彼女は彼の目を見て頷きながらあいかわらず微笑んでいただけだったのかもしれない。しかしこの言葉を聞いたときでも、彼が自責の念に駆られることはもはやなかった。むしろいままで自分を締めつけていた箍《たが》が外れて、解放され身軽になったような気分さえした。彼はまだ無力で、周囲に翻弄《ほんろう》されるばかりの存在だったが、だからこそ別の何者かが救ってくれると思わずにはいられなかった、長い時間のなかであれば、どんな問題であってもかならず時間それじたいが解決するように思えてならなかったのだ。

　サングラスの女とは二年半ほど付き合った後に別れたが、妻と口を利かなかった十一年のあいだに彼はけっきょく八人の女と付き合った。得意先の受付や大学の後輩、飲み屋の女、業界紙の編集者、友人の妻までさまざまだったが、ときには彼の意に反して同時期に平行して二人と付き合わざるをえないこともあった。性的な関係を結ぶ場合もあれば、ときどき会って食事をするだけの、これが本当に男女の関係といえるのかどうか定かではない場合もあった。しかしそんな淡白な付き合いでもその場に漂う特別な匂《にお》い、いつでも性的な関係に移行できるのだが、敢《あ》えて私たちはそこへは立ち入らないでおこう、という両者のあいだの無言の合意だけは紙に文字で書いたようにはっきりと分かるものだった。ある夜、彼は女の家にいた。女は高校の生物の教師だった。女は進化の話をしてくれた。地球に最初の生命が生まれて以来の歴史、三十五億年という進化の系統樹のなかに置いてしまえば、ホヤと牛は極めて近いものだ、ましてや犬とヒトなど同じ生き物といって何ら差し支えないぐらいに差はない、そんな話をしてくれた。彼はその話に興味が持てないわけではなかった、なかなか面白い話だと思って聞いていたのだ。ところが深夜の十二時を回ったところで、とつぜんの雷雨のように猛烈な睡魔が彼を襲った。頷《うなず》きながらソファーから前のめりによろけ、手に持ったコーヒーカップを危うく床に落としそうになるほどだった。生物教師の女はそれを不愉快に感じたのかもしれない、そうでなければ挑発されたように感じたのかもしれない。彼の眠気を剝《は》ぎ取るようにして、そこまでの会話とは脈絡もない、自分が子供のころの話を始めた。「小学校の四年生か、五年生に上がったぐらいだったと思う、イグアナを飼っていたことがあるのだ。両親と出かけた東京のデパートの屋上で、そのイグアナは一匹だけで水槽に入れられていた。イグアナの水槽は他の生き物、ハムスターやウサギやカブト虫よりも、さらにいちばん上の棚に置かれていたが、子供が背伸びをしてなんとかかろうじて見えるその姿は、白熱灯の強い光を浴びてエメラルドの緑色に反射していた。南国の密林など小学生のころの私が知っている由《よし》もないのだが、この動物の背中には生まれ故郷の風景が焼き付いてしまったのに違いないと思わせる、場違いなまでのどぎつさがあった。いまのように当たり前にペットショップで外国の爬虫類《はちゆうるい》を売っているような時代ではない、どうしてあのとき、あのデパートで、イグアナがそれも一匹だけで売られていたのか分からないが、それから一ヶ月ほど私の頭からはイグアナが離れなくなってしまった。学校へ行っても休み時間にはノートの余白にイグアナの絵ばかり描いていて、それまではいつも一緒に砂場や鉄棒で遊んでいた仲良しの友達からも恐れられてしまったのかもしれない。ふつうならばどんなに夢中になっても十日もすれば忘れてしまう子供の一時的な執着を、今回は少しばかり越えていると判断したのだろう、両親は私にイグアナを買ってくれた。当時の実家の家計からすれば、そうとう高価な買い物だったはずだ。家にやってきたイグアナは、店の水槽でみたときよりも一回りも小さく見えた。餌《えさ》にはハムや小魚などのたんぱく質、スイカやリンゴなどの果物を与えてみたが、イグアナはけっして口を付けなかった。それでもイグアナは気高く正面を向き、飼い主の私とは目を合わせようともしなかった。それからも一ヶ月ほど、肉や果物を与え続けたが、やはりイグアナは見向きもしなかった。次第に腹や脚の付け根のあたりがやせ衰えて、エメラルドグリーンに輝いていた背中も、青虫を思わせる萎《しな》びた皮膚に変わってしまった。だが鋭い爪《つめ》だけはますます鋭く、長く伸び続けているように見えた。不用意に手など出せばその爪で一瞬にして切り裂かれるか、硬いあごで子供の指など嚙《か》み砕かれるような気がしてならず、私はどうしてもイグアナに触れることができなくなってしまった。ある明け方、私は起きるなり決心して、近くの林へイグアナを逃がした。おそらくそうなるだろうと思っていた通り、イグアナは急ぐことなく、ゆっくりと四本の足を順々に繰り出しながら、躊躇《ちゅうちょ》のかけらも見せずに林のなかへと歩いていった。だがそのときでも私は、そしていま現在に至るまでといっても良いぐらいなのだが、いつの日か、あのイグアナはかならず帰ってくると信じている。そのころにはイグアナは巨大に成長して、人間の背丈ほどにもなっていることだろう、そんなに大きくなってしまった動物は他の誰のところへも行くことは許されない、ぜったいに許されない、かならず私のもとへ戻ってくるはずなのだ」女の話が終わると同時に彼は我に返り、激しく動揺している自分に気づいた。まったく信じがたいことだったが、彼はこの昔ばなしを自分の娘から聞いているつもりになっていた、生物教師の女がイグアナを飼っていたのと、いまではちょうど同じ歳《とし》ごろの小学生に育っている自らの娘が、父親である彼に語る話として聞いていたのだ。眠気のあまり自分がいまいる場所と時間が分からなくなった、ということはあったのかもしれない、だがそれにしても、目ではたしかに正面に座る生物教師の姿を捉《とら》えていながら、どこかの間《ま》で相槌《あいづち》を打とうとした瞬間、口からは「お父さんならば……」という一人称さえ出そうになったのだ。ということは、――彼は自らに諭すように語りかけた――いままで俺は複数の、さまざまに異なる女と付き合ってきたつもりになっていたが、これではまるで、たったひとりの女と付き合っているのと同じことだ、それはひとつの人格と付き合っているといっても良いのかもしれない。動揺が眠気を消し去り、すでに夢と現実の境界の壁は修復され始めていたが、じっさいのところ、たしかに彼はひとつの人格に奉仕していた、別の言い方をするならば、ひとつの人格と戦っていた。その戦いは他人が見れば間違いなく中年男の甘さと独善にまみれていたのだが、中世の鉄鎧《よろい》のように隙間《すきま》なく表面を覆《おお》い尽くす揺るぎない態度だけは、我ながら惚《ほ》れ惚《ぼ》れするほどだった。

そういった変化と関係があったのかどうかは分からないが、ちょうどこのころは彼が仕事で大きな成果を収めた時期とも重なっていた。彼は営業の前線を離れ、組織上もう一段階うえに位置する市場調査や商品企画の部門に所属していた。日本国内の景気は完全に冷え切って、どの製薬会社も一九八〇年代のような設備投資や新規商品開発を抑えていたなかで、彼による企画発案の商品は過去最高の売り上げを記録していた。購買層をコンタクトレンズ使用者に絞った新しい目薬は生産が追いつかず、何ヶ月も在庫無しの状態が続き、会社創設以来の主力商品だった栄養剤の販路を薬局だけではなくスーパーマーケットにまで広げたことによって、その売り上げは倍増していた。成功の理由が何なのか、じつは彼じしんも判然とはしていなかった。いずれどこかの時点で、誰かが思いついたであろうことを、たまたまこのタイミングでこの役職にいた彼が実行に移しただけだ、という思いの方が強かった。効率的な組織というのは元来がそういう性格、構成員の代替可能性を内在するものなのだ。冬の朝、満員の電車のなかは黒いコートを着た男ばかりだった。老いた者も、若い者もいた。何人かは立ったまま新聞を読んでいたが、ここには完全な静寂があった。どんな小さな音も、軽い咳《せき》払いや空調のモーター、車輪とレールが軋《きし》む音すらも聞こえなかった。進行方向右手の、東側に当たる窓を通して、低い角度から朝日が射し込んでいた。それはむかし家族で遊園地へ行ったあの朝に見たのと同じ、真綿《まわた》のようなやわらかな光だった。ぎっしりと詰め込まれたこの空間にも光が行きわたり、無言の乗客も、つり革も手すりも、動かない扇風機も、みな同じうっすらとした黄色を帯びたようだった。すると車内のどこからか、小さな子供の笑い声がした。彼は周囲を見回してみた。子供を連れた親などはどこにもいなかった。

しかしもう一度、甲高く弾むような、南国の鳥にも似た、乾いた明るい笑い声が聞こえたのだ。まったくとうとつに、彼は気が遠くなるほどの深い幸福感のなかにいた。——もう大丈夫だ、いっさいの心配は不要だ。こんな朝の通勤電車のなかにさえ祝福すべき子供がいたのだ、ならばここには猫やサルだっているかもしれない、馬だって姿が見えないだけで本当はいるのかもしれない、そしてじっさいにそれらの動物がいたとしても、この世界にとって何ら問題はない。——皮膚一枚のすぐ内側に、温かい液体が流れ巡っているのを彼は感じていた、いまやあらゆる障害が取り除かれ、この現実の中で起こることならどんなことでも受け容《い》れられるような、そんな気がしてならなかった。恋愛に取り憑《つ》かれた、延々と続く暗く長い螺旋《らせん》階段を登り続けた彼の人生のひとつの時代が、この日ようやく終わったのだ。

ドアを開くなり、彼は妻と娘に向かって叫んだ。「決めたぞ！　家を建てるぞ！」妻は落ち着いていた、彼の全身を真正面から見据え、目と口元でゆっくりと微笑みながら応《こた》えた。「そうね、もうそろそろ、そういう時期ね」それはまるで家族で遊園地へ行ったのがつい昨日であるかのような、十一年間ずっとこの応答のなかに留まり続けていたかのような、滑らかで自然な話し方だった。白いものの混じる、長くまっすぐな髪はひとつにきつく結ばれ、黒いセーターとベージュ色のスカートは細身の身体《からだ》に皮膚のように貼《は》りついていた。化粧をまったくしていない、素顔のそのきっぱりとした美しさは懐《なつ》かしい風景を見ているような印象を与えたが、同時に魔女めいた恐ろしさも感じさせた。この魔力に屈したが最後、妻が視線を送る遠い異郷へと連れ去られ、二度とは戻って来れないのかもしれなかった。しかし彼の決心はもう変わらなかった、どうしても家は建てられなければならなかった。

翌週末からさっそく物件探しが始まった。不動産屋は例外なく小さな白い車で現われ、例外なく彼よりも二十歳も若い、髪を茶色く染めた青年だった。不動産屋の青年たちはよく訓練されているようでもあり、法的な知識も豊富で、彼や妻が投げる不躾《ぶしつけ》な質問にも言いよどむことはまずなかったが、「これはまだ他のお客さまに漏れてしまうと困る情報なのですが……」などという話が始まった途端、逆に会話の距離は遠くなり、青年のみならず物件そのものまでもがどことなく胡散《うさん》臭く感じられてしまうのだった。どの不動産屋へ行ってもそれは同じだった。家屋というものは、この国全体の教育や経済活動、地域貢献を土台で支える家庭生活の場であるはずだろう、一生のうちに一度か二度あるかないかの、それほど大事な決断の選択肢が、こういった若造たちだけに委《ゆだ》ねられていてよいものだろうか？　彼は始終腹立たしい思いを抱えていた。ところが、ある物件が彼の興味を引いた。いま彼一家が住むアパートからもさほど遠くはない、西向きの傾斜地に建っていた古い家屋を壊して更地にした小さな土地だったが、坪当たりの単価は周囲の土地の相場に比べてもほとんど半額に近かった。本当のところをいえば、不動産屋が持ってくる物件はどれも、戸建て住宅にしても、分譲マンションにしても、彼の収入とわずかな貯蓄ではとてもその借金をまかないきれないような金額だったのだ。テレビや新聞ではあれほど不動産相場の急激な下落を特集しているというのに、彼の家族にはその恩恵のかけらすら回ってこない、とんでもない田舎へでも引っ込まない限り家など一生買えないのかもしれない、被害妄想にも似た不満が膨らんでいたわけだが、それにしてもどうしてその西向きの土地だけが安いのか？　傾斜地だからか？　まさか元は墓場だったとか、殺人事件が起きた場所だとか、地盤がゆるく地すべりが起こりやすいとか、そんな隠れた瑕疵《かし》があるのではないだろうな？　彼は不動産屋に聞いてみた。「細い私道の奥なのです、つまり車が入れない、理由はただそれだけです」現代人にとって、自動車という道具がそれほど必要不可欠なものになっていることに彼はいまさらながらに驚いた。家の内部ではけっして使うことのない車のために、家本体を犠牲にする奴《やつ》らばかりということだ、ならば望むところだ、俺と、俺の家族はその車抜きの生活を選んでやろうじゃあないか。彼と妻はその土地を購入することを決めた。

何の前触れもなく、ひとりの男が彼を訪ねてきた。杖《つえ》を突き、顎《あご》ひげを蓄えた、恐らくもう七十歳に近い老人だったが、背丈は彼が首を反らして見上げるほどの巨体だった。しばらく話すうちに、じつは老人は妻が依頼をした建築家だということが分かった。特に家に関する具体的な何を決めるわけでもなく、一時間ほど取りとめのない雑談をしただけで、建築家は帰ってしまった。一ヶ月ほどの間《ま》を置いたのちに、建築家はふたたびやってきた。そのときの会話には妻も加わったが、花粉症の話とか娘の学校の話、彼の仕事の話、いまの時代、新薬の開発にはどれほどの金と労力と時間がかかるかという話をしただけだった。同じような雑談がそれから四度か五度ほど繰り返された。ある日曜日の早朝、いきなり彼の家を訪れた老建築家は図面を床の上に広げた。昔ながらの青焼き図面で、これほど大きな、継ぎ目のない一枚の紙を彼はいままでの人生のなかで一度も見たことがなかったが、そこに縦横にめぐらされた直線や曲線、半円、三角形、S字型カーブ、几帳面《きちょうめん》な手書きで細かく記入された数字や矢印をいくら総合してみても、それがどんな家になるのか、まったく見当もつかなかった。だがしゃがんだ姿勢のまま目を凝らして、じっとその大きな青い図面を見ているうちに、春の晴れた日の深い青空に吸い込まれるような、そのもっと奥には金色の太陽が輝いているような気分にすらなるのだった。

「こういうものも用意してあるのです」老建築家はかばんから一枚の画用紙を取り出した。それは家を玄関の側から見た、色鉛筆で描かれたスケッチだった。勾配《こうばい》の急なエンジ色の屋根は鋭く尖《とが》って天を指し、西日を浴びて焼けた漆喰の白い壁には、円形の小さな採光窓と木枠で囲まれた長方形の窓が開《あ》いていた、玄関の扉は上面が弧を描いた無垢《むく》の一枚板で、中心に一本のスリットが入っている、黒い鋼管の門扉《もんぴ》から玄関に至る短いアプローチに続いて隣家との境界までは、栗《くり》やケヤキやツバキ、金木犀《きんもくせい》などの植栽が互い違いに施され、五月にもなれば蝶《ちょう》やスズメやキジバトだけではない、若草色のウグイスまでもこの家にはやってくるはずだった。「この家は百年間は軽く持ちます」老建築家は説明を続けた。「いや、二百年だって持つかもしれない、家というのは元々が人間よりはるかに寿命の長いものなのです。だから人間が家を建てようなどという傲慢《ごうまん》を抱いてはいけない、家によって、ある定められた期間、そこに住む人間が生かされているだけなのですから」

いよいよ工事が始まった。無数の木材が現場に搬入され、コンクリートの基礎を固めた上に丸太をそのまま切り出したような土台が敷かれた。ところがここから工事は一向に進まなくなった。現場を訪れた彼と妻が見るものはいつも、白いビニールシートを被《かぶ》せた、うずたかく積まれた材木の山だけだった。業《ごう》を煮やした彼が工務店に電話したところ、建築家に訊《き》いてくれという。すると老人は悪びれもせずに、こう応えるのだ。「通し柱に使う良い木が見つからないのでね。ヒバ材を八本使う予定です、気長に待ちましょう」こういう言葉を聞いた彼と妻はいったいどう感じたのだろう、不思議なことに、建築家に対する信頼はいやが上にも増したのだ。建築家のいう通り、これから先、百年でも二百年でもその場にあり続ける家をいま急いで組み上げねばならぬ理由などどこにもなかった、良い材料が見つかるまで、何ヶ月でも、何年でも待てばよかった。たしかに彼と彼の家族が金を出して建て、そこで暮らすことになる家には違いなかったが、彼や妻はもちろん、娘や孫や、もしかしたら曾孫《ひまご》の代までがこの世を去った後も存在し続ける家であるならば、それはもはや一個人や一家族の持ち物ではなかった。社会的な、法律的な意味での所有権などとはまったく別の次元の話なのだ。材料の選定から内装仕様はもちろん、間取りに至るまですべては建築家に任せきりだった、彼も妻も、このころにはもう中学校に上がっていた娘までもが、すっかり建築家に魅了されてしまっていたのだ。上棟式が行われた日は奇妙な天気だった。明け方、雷とともに激しい雨が降ったが、雨はまもなく止《や》んだ。きれぎれの雲から幾筋もの光が射《さ》し込むと、湿気を含んだ生ぬるい南風が吹き始め、秋だというのにまるで六月のような蒸し暑さになった。妻は朝から家でいちばん大きな鍋《なべ》でしじみの味噌汁《みそしる》を作り、娘がそれを手伝っていた。昼前には棟木の据え付けが済んだので、いよいよ上棟式の準備が始まった。一階部分に置かれた棟札の両側に酒や米などの神饌物《しんせんぶつ》が飾られ、屋根には赤や紫色や黄色の吹流しが上げられた。「上棟式だけは行うこと、略式でも構いませんが、これだけはかならずやると約束して下さい。さいきんは省略する人も多く、それなりにではありますが金も掛かります、しかし上棟式抜きで家を建てるというわけにはけっしていかないのです」繰り返しそういっていた建築家は、上下黒のスーツでやってきた。祭司というよりは指揮者のような、場にそぐわない、過度に重々しい印象を与えていたが、ただでさえ高い背丈が、この服装のためになおいっそう高く見えた。大工の棟梁《とうりよう》が建物の四隅の柱に塩を撒《ま》き、それを見たままに真似《まね》た彼も同じ四隅の柱に酒を撒いた。ふたたび大粒の雨が降り出した。予《あらかじ》め練習したのではないかと思わせるほどの手際《てぎわ》の良さで、若い職人たちがビニールシートで即席の屋根をしつらえた。彼はよく式の手順が飲み込めなかったが、一通りの儀式はもうこれで済んだらしかった。そのとき、南から突風が吹いた。風のあまりの強さに一大決心でもしたかのように、おもむろに建築家は立ち上がり、一本の柱に沿って脇腹《わきばら》をぴたりと付けて、右手を伸ばして高々と掲げ、二階の屋根の上の吹流しを続けざまに四本、少々乱暴に取り外した。それは疑う間《ま》も与えぬ一瞬の、滑らかなひとつながりの動作だった。——ひとりの人間が地面に足をつけたまま、家の二階の屋根に手を伸ばす、たとえどんな長身といえどもそんなことがはたして本当に起こりうるものだろうか？　しかし、これを見ていたのは彼だけではなかった、妻も娘もたしかに見ていた、そして、それほど異様な光景だったにもかかわらず、気味悪さなどという感情はいっさい起こらなかった、このときもやはりまた盲目的ともいってよいほどの建築家に対する憧《あこが》れが強まっただけだったのだ。最初に物件探しを始めてから三年近くが過ぎてようやく家が完成したあとも、彼はときどき上棟式の日の、あの建築家の一瞬の動作を思い出すことがあった。彼は二階の西向きの部屋の窓から、夕日を眺めていた。肉眼でもしばらくの時間直視できるほどの眩《まぶ》しさに弱まった分、温かみはより増した朱色がかった太陽が、くっきりと黒いシルエットの遠い山の稜線《りようせん》の裏側にだんだん隠れていくのを、晴れた日ならば何を措《お》いてもかならず見るようにしていた。四十代の半ばを過ぎたころから、彼は自分でも不可解に思われるほどの強さで、まるで半ば義務であるかのように夕日を見ることを好むようになった。そしてどうしてなのか、夕日や夕焼けを眺めているうちにはかならずといってよいほど、うとうとと眠くなってしまう、ときには暴力的なまでの睡魔に襲われるのだった。若いころはそんなことはけっしてなかったはずなのだ。歳を取るにつれ夕日を見るのが好きになることと、同じ夕日の時間に眠くなることとは、比例して強まっていくようだったが、それは恐らく、遥《はる》かな向こうからゆっくりと近づいてくる死とも無関係ではないように思われた。

転機はそれから二年後にやってきた。国内に依存し続けることには限界があると見た日本の製薬業界は海外の市場、特に欧米市場に目を向けていたが、そういった時代の流れに乗り遅れていた彼の会社もついに、米国のある医薬品メーカーを買収することを検討し始めた。その米国企業と彼の会社は二十年ほど前から血圧降下剤の販売ライセンス契約を結んでおり、ときには腹の探りあいのような部分もあったものの、表面上はとても友好的な関係を保っていた。だからなのか、事前の社内検討の段階では、米国企業側も恐らくそれほどの抵抗感はないだろう、世界の製薬市場で生き残るためには、売り上げ規模から考えれば買収されるのがもっとも現実的な選択肢であることを奴らもきっと理解してくれるだろう、そんな楽観的な読みが大勢を占めていた。なにしろ新薬の開発にはいまや莫大《ばくだい》な費用がかかり、それを一社単独でまかなうことなど、ほとんど不可能な時代に突入していたのだ。ところがじっさいに株式公開買い付けによる完全子会社化を内々に申し入れたところ、米国企業の創業者一族はそれを一蹴《いっしゅう》した。ものの十分も掛からぬほどの短いミーティングではあったが、そのときには「侮辱」という意味合いの単語までが使われたのだ。と半年ほどは彼の会社の誰ひとり、米国企業の幹部とは話もできぬ状況が続いた。

なると、次の一手はどう打つべきだろうか？　連日討議が繰り返されたが、妙案は打ち出されず、そもそもこのような局面での妙案など存在するものだろうか？　という話に後戻りし、とりあえず以前の、表面上は友好的な関係にまで戻すべきだ、という当たり障《さわ》りのない意見に落ち着いてしまった。あとは火中の栗を拾う、損な役回りを引き受けてくれる社員を探すだけだった。大組織のなかの人選というのはいつでもある程度そういう要素が含まれるものだが、誰かの明確な意図というよりは巡り合わせによって、消去法によって、その話は彼のところにきた。

結果はどうであっても構わない、いっさいの成果は望むまい、一週間でも早く、一日でも早く、とにかくこの仕事にけりをつけてしまおう。——成田に見送りにきた妻と娘の姿が彼の頭からは離れなかった。少しだけ遠くから見る二人は、背丈も体型もまったく同じで、そのときは着ている服の色までが似ていたためにまるで双子の姉妹のようだった。鞄《かばん》を抱えてひとり出国ゲートをくぐったときには、何だか死者たちに見送られているような、取り返しのつかないことがまさにいま起こりつつあるような心細さを覚えたが、その直後、税関へ向かう下りのエスカレーターに乗ったときには、こんどは彼じしんが死の国へ旅立つような不吉な思いに襲われた。

じっさい真冬の米国中西部、イリノイ州からインディアナ州にかけての平原は死の世界だった。荒々しく掘り起こされたまま放置された休耕地の湿った土は月面のごとくどこまでも延々と灰色で、地平線近くには死神たちの葬列のような真っ黒なポプラが並んでいた。地面の灰色が空にまで移ってしまったわけでもないだろうが、頭上にはいつも分厚い雲が重々しく、低く垂れ込めていた。せめて白い雪でも降ってくれたらありがたいものが、来る日も来る日も暗い曇り空だけが続くのだった。異国の何もない平原で、彼は恐ろしく孤独だったが、しかし考えてみれば孤独など、別にいまに始まったものでもなかった。日本の会社員生活でも、いやそのもっと以前から彼は孤独だった。子供のころも、思春期も、学生時代もじつはたいていひとりぼっちで、自分はそれで平気だったし、好んでそうだったような気もするが、もし本当に人生の大半が孤独なのであれば、それはもはや孤独などと呼ぶのはふさわしくない、確立された、自信に満ち満ちたむしろ前向きで楽観的な生き方なのかもしれなかった。だがこのときばかりは少々違ったのだ。昼食を取ろうと立ち寄った高速道路沿いのレストランで、労働者風の若い太った父親と、やはり若いブロンドの髪の母親に連れられた四、五歳の男の子が、何かひどい粗相《そそう》でもして怒られた直後なのか、小さな眉間《みけん》にしわを寄せ、頬には涙を流しながらしかし声は出さず、一生懸命にスプーンでスープを口へ運んでいる姿を見てしまったり、暖炉近くの壁際の向かい合わせの席で、おそらくもう二時間も完全に無言のまま、ただ新聞を広げコーヒーを何杯も飲み続けている老夫婦に気づいてしまったりすると、彼はたまらなく日本へ帰りたくなった。その渦中《かちゅう》にいるときにはただ早く過ぎ去って欲しいと思っていた、彼を悩ましたいっさい――若いころの営業と接待の日々、上司の罵声《ばせい》、深夜残業、家計のやりくり、赤ん坊の夜泣き、寝不足のまま朝起き上がるときの辛《つら》さ、どうしても抜け出すことのできない不倫関係、自己嫌悪《けんお》、そして妻との、すれ違うばかりの緊張した生活――それらのいっさいが、いまでは堪《こら》えようもなく懐かしかった。まったく不思議なことだったが、人生においてはとうてい重要とは思えないようなもの、無いなら無いに越したことはないようなものたちによって、かろうじて人生そのものが存続しているのだった。じっさいいまの彼は過去のために生きていた、そしてそれで良いと思っていた。「ああ、過去というのは、ただそれが過去であるというだけで、どうしてこんなにも遥かなのだろう」要するに、彼はもう五十歳だったのだ。とにかく、いまのこの仕事にはけりをつけてしまおう、そして一日でも早く、日本へ、我が家へ帰ろう、彼はただその段階に到達することだけを目指した。しかし米国の製薬会社の、創業者の娘婿《むこ》である現在の社長は、彼からの面談の申し入れを断り続けていた。取引のある別の日系企業や、領事館のルートからも接触することを試みたが、膠着《こうちゃく》した状況に変わりはなかった。三ヶ月ほど経《た》って、何の進展も見られなかった時点で、彼は日本の本社へ報告を入れた。二週間ほどは音沙汰《おとさた》がなかった。ある日、この米国の案件を含む、すべての海外事業投資を管掌する取締役から彼あてに一通の手紙が送られてきた。いまどき珍しいことに便箋《びんせん》に手書きの手紙だったが、その内容は読む者を戸惑わせるほどに挑発的だった。

――いま、お前がどうしても帰国したいというのであれば、お前が自分で決断したという責任をもって、その責任をいつまでも背負うことを覚悟した上ですぐさま帰国すればよい。誰もそれを止めることはしない、翌日の飛行機にでも乗ればよい。しかしこのことだけは分かっておくべきだ、つまりお前がこの案件をあきらめるのであれば、それはお前の一生を失うに等しい、これから先の未来だけではなく、この世界で過去に起こったすべてを失う、それもお前が経験したことだけではなく、過去においてはた起こったいっさいの出来事までも失うに等しいのだ、なぜなら、だの一日でも、一時間でも、一秒でも、無駄に捨て去られた時間などは存在しないのだから。お前がいまこの瞬間を、この一秒をあきらめることによって、お前は永遠の時間をあきらめることになるのだ。お前ももうすぐ老いて、この世から去る間際になれば実感する日がくるだろうが、気が遠くなるほど長い、ひとりの人間の一生といえども、いま目の前の一瞬よりも長いということはないのだ。無尽蔵の時間という魅惑的な考え方は、お前の周りにもいる多くの無能な人間たちが陥っていながら、自分では気づいてすらいない巧妙な罠《わな》ではあるが、しかし与えられた使命として、お前がそれに抗する覚悟があるのならば、これから死ぬまでお前は戦い続けなければならない、昼も夜も、ただ戦い続けることによってのみ、かろうじてお前はその罠から逃れ、敗北を免れることができる。しかしけっして勝利などを期待してはならない。

夜、彼は誰かに呼び止められたような気がして振り返った。満月だった。アメリカでも、空には日本と同じ月が見えるんだな、霧のなかに静かに浮かんでいる銀色の大きな満月は、二十年以上同じ場所で、同じ形のまま待っていてくれたようにさえ見えたが、そんなことは現実の世界ではありえないと分かっていても、だが少なくともいまの、既に老いつつある彼を励ましてくれていることは間違いなかった。するとやはり、寒そうにコートの襟を立てて早足ですれ違う通行人や、赤色に点滅する歩行者信号、車のヘッドライト、排水溝から濛々《もうもう》と上がる水蒸気までもが彼を後押ししてくれているようだった。そのまま彼は、街でいちばん高級なホテルのバーへと向かった。案の定そこには、米国企業の社長が若い女と酒を飲んでいた。以前にも一度、彼はその社長と何かの会合で会ったことがあるはずだったが、キャンドルの灯りだけのほの暗さのなか、片手のひらにワイングラスを乗せながらこげ茶色の革のソファーに深々と座り、紺色のスーツを着てネクタイはせず、直毛の髪は無造作に分け丸い眼鏡をかけたその男は、彼が知っている社長とはまったくの別人のように見えた。まぶたは赤く腫《は》れ、病気ではないかと疑われるほど眼球が飛び出て、前日は朝の四時まで仕事をしていたのだと弁解しながら、途切れることなくひとり喋《しゃべ》り続けていた。彼のことなどまったく覚えていないようだったが、自分は日本から来たのだ、もう三ヶ月も前から面談を申し入れているのに会おうとしないのはなぜなのか？　つとめて冷静に、はっきりとした発音で彼が尋ねると、社長は小《こ》馬鹿《ばか》にしたようににやにやと笑いながら下を向き、何か聞き取れない早口を呟《つぶや》いた。

それからこういったのだ。「二十世紀における、最大の発明品とは何か、ご存知ですか？　自動車でもない、パソコンでもない、それは抗生物質なのです。他のいっさいの発明はけっきょく人間を追い詰め、不幸にしただけだが、ゆいいつ抗生物質だけが、人間を救うことができたのです」その言葉を聞いたとき、彼は確信した、目の前の両開きの扉が開き、まぶしい光が射した。――俺はこの男と、この敵とこそ戦わなければならない、勝ち目があるかどうかなど分からないが、あの手紙にあったとおり、戦わないことには俺は将来どころか過去すらも失ってしまう、この状況から危うく俺は逃げ出すところだった、しかしぎりぎりのところで目が覚めた、間に合ったのだ。――彼はゆっくりと立ち上がり、社長の顔を、眼鏡の奥の両目を突き刺すように睨《にら》みつけながらこういった。「すべての発明品は、あなたがいま最大の価値を置いているというまさにその理由によって、かならずすべての価値を失うのです、あなたがしていることはあなたが思っているほど大した仕事ではない」いい終えるやいなや、右手を自分の頬のほうへ持っていくと見せかけて手首を返し、すばやく振り下ろして社長のワイングラスを奪い取った、そしてそのまま大理石の床に叩《たた》きつけて粉々に割った。

ホテルのバーでの事件があってから、さらに一年と四ヶ月の時間がかかったが、最終的に彼の会社は米国製薬メーカーの敵対的買収と完全子会社化を成功させた。買収に当たっては七割の株価上乗せを強いられたために、買収総額は千五百億円にのぼった。評価は賛否両論だった。高すぎる買い物だという意見もあれば、研究開発費の抑制や米国市場での販路確保のためには妥当な判断だった、という意見もあった。正式な買収が完了したのち、ようやく彼は日本に帰ってきた。渡米するまえ最後に見たときには彼の胸のあたりの高さだった玄関脇の金木犀《きんもくせい》は、見上げるほどに育っていたが、それ以外にはとくに変わったところはないようだった。晴れた春の日の朝だった。家のなかも、壁や床板や家具も、まだ新築のままのように丁寧に手入れされていた。だが、あきらかに何かが足りなかった。――娘がいなかった。彼は妻に尋ねた。「去年からアメリカへ行っているのよ」彼は愕然《がくぜん》とした、何ということだろう！　自分が昨日までいたのと同じ国に、じつは俺の娘も住んでいたというのか！　留学だろうか、長期の旅行か、まさか結婚じゃないだろうな？　それにしたって、実の父親に黙ったままで、子供が外国へ移り住んでしまうなどということが起こりうるものだろうか？　いったい何が隠されているのか。「もうずっといないわよ」どうしたことか、妻の態度はまるで平然としていて、娘などそもそも最初からこの家にはいなかったといわんばかりなのだ。驚きのあまり次の質問が継げずにいる彼は、まず自分の頭をしっかりと固定し、朝日がまだら模様を描く居間の床板を一歩ずつ踏みしめながら前に出て、妻の両肩を思い切り強く摑《つか》んだ、そしてその顔を正面から見つめた。妻も臆《おく》することなく彼の目を見返していた。すると、もう二十年以上前にこの女と結婚することを決めたときに見た、疲れたような、あきらめたような表情がありありとよみがえってきた、不思議なことに彼も妻も、ふたつの顔はむかしと何ら変わっておらず、そのうえ鏡に映したように似ているのだった。その瞬間彼は、この家のこの部屋で、これから死に至るまでの年月を妻とふたりだけで過ごすことを知らされた。それはもはや長い時間ではなかった。

ペナント

恐らく昭和四十年代の末ごろまでだと思うが、日本中の子供部屋の壁という壁はペナントで埋まっていた。ペナント、といってもいまでは説明を要するのかもしれない、三角形に裁断された不織布に、異なる色の生地を幾枚も重ね合わせたり、金《きん》銀《ぎん》や赤や緑の刺繍《ししゅう》を施したりして、観光地の風景や名跡を描いた土産物なのだが、その少年がこっそりと忍び込んだ部屋の三方の壁面も、一見して優に百枚を超えていることが分かる、さまざまなペナントによって埋め尽くされていた。「箱根」という楷書《かいしょ》の白い刺繍の下には紫色の湖が広がり、半分沈みかかったようにも見える黒い帆船、同じ大きさの赤い鳥居が寄り添って並んでいる。遠くには桃色の富士山が見える。いちばん右端の三角形の頂点近くには荷車か駕籠《かご》のようなものが小さく描かれている。「札幌」の大きな赤い文字はなぜか怒ったように荒々しい筆跡だ。

文字の左側にはテレビで良く見る白い時計台が描かれ、これは何という花なのだろう、青紫色の綿菓子めいた花が時計台の周りを取り囲んでいる。文字の右側の牧場では牛が集まって草を食《は》んでいる。地平線に赤い屋根のサイロが見えるのだが、そのさらに向こう、ところどころ雲の浮かぶ晴れた空は、左側に戻って時計台の絵まで、同じ背景として繫《つな》がっているのだ。「妙高高原」ではプリントされた写真がそのまま使われている。雪で覆《おお》われた白樺《しらかば》の林を縫って、二人のスキーヤーが滑り降りてくる。しかし写真で見る限り地面は平坦《へいたん》で、じっさいにはスキーができるほどの傾斜など付いていない場所のようだ。背景にはやはり真っ白な山と、紺色の空が見えている。地名は漢字で書かれたものもあれば、ローマ字で書かれたものもある。小さくNational Parkと入っているものも多い。どのペナントにも共通しているのは三角形の台布の周囲が無数の小さな黄色い房で縁取られていることだった。いや、中には一つ二つ、赤い縁取りのものもあるにはあったのだが、不思議なことに黄色い房の縁取りが圧倒的に多かった。少年はかれこれ三時間も、もしかしたら四時間近くもこの部屋の中にいた。すべての壁面を、舐《な》めるような視線で観察していたために、そのうちにどちらが壁で、どちらが目なのか、区別が付かなくなるほどだった。それほどの時間が経《た》ってからようやく、本来のやるべき仕事を思い出したかのように、少年はペナントの枚数を数えていった。ドアのある壁の、いちばん隅に貼《は》ってある「国立公園　日光」から始めて、一枚一枚指差しながらゆっくりと数えていった。ぜんぶで六十九枚。「なんだ、この程度か。たくさんあるように見えたって、百枚などには遠く及ばないじゃあないか」声に出して咎《とが》めてみたところで、過去は無言のままだった。仕方なく少年はもう一度ペナントを順々に眺めていった。

それにしてもペナントというものはすべて、一枚の例外もなく右を向いているんだな。確かにその行列は左から右への大きな流れだった。徐々に速さを増して、視線がペナントを渡り進んでいくうち、ペナントの方が視線を嫌って逃げ始めたようだ。ひょっとするとこの部屋ぜんたいが右へ右へと回転し始めたのではないだろうか？マグロかカツオなどの回遊魚の群れか、飛び回る渡り鳥の群れの中心にひとり立っているような気すらして、少年はじっさいに目が回ってふらふらとよろけ、一歩二歩と後ずさったほどだった。いつまでも首を上げて、どぎつい色のペナントばかり見ていたら、そのうちに貧血になって倒れてしまうぞ、もう少し自分の足もとから先にしっかり固めることだな、そもそもこの部屋にはどんな家具が置いてあったのだっけ？　そんなことをわざわざ考えてみるまでもなく、少年の目の前には真っ白いシーツと羽根布団《ぶとん》の敷かれたベッドがあった。それは何年か前、少年が家族旅行で泊まったホテルのベッドを思い出させる清潔な寝具で、中でも枕《まくら》などは見ているだけでも両耳まで塞《ふさ》がるほど深々と頭を沈めてみたくなるような高級品だった。少年がふだん寝ている、干乾《ひから》びた餅《もち》のような枕とは大違いだった。きっとここは少年よりも一回り年上の、高校生か大学生の部屋に違いない、小学生がこんな布団に寝ているはずがないのだから。この布団に寝てみたい、という誘惑に、果たして自分は逆らうことができるだろうか？　ところがすぐに思い直して、誘惑に逆らわねばならぬ義務などどこにもあるまい、大人のいう義務だとか責任だとかはしょせん自惚《うぬぼ》れに過ぎないのさ、などと独りごちると、少年はするするとセーターとズボンを床に脱ぎ捨て下着姿になるなり、ベッドにもぐりこんでしまったのだ。予想した通り、そこは素晴らしい場所だった。掛け布団とシーツの隙間《すきま》に裸足《はだし》をねじ入れた最初の一瞬の微《かす》かにひんやりとした感触、さらさらと乾いて滑るようなシーツの手触り、本当にこのまま地中深くまで沈んで行ってしまいそうな枕の柔らかさも、いっさいが申し分なかった。これから先、残りの一生の時間をこの布団の中で過ごしてしまうのも悪くはない選択だ、などと危うく思いたくなってしまうほどの心地良さだった。少年はゆっくりと目を瞑《つむ》ってみた。とても良い花の香りのような、暖かい湯気のような睡魔が少年の身体《からだ》を満たしつつあったが、このまま眠ってしまうのはあまりに勿体《もったい》ない、起きたままでこの感触を楽しまねばならない、それほどの寝床だったのだ。横になったままの体勢で目を開くと、窓からはレースのカーテンを通り抜けて、秋の午後の途切れなく長い光が射《さ》し込んでいた。ベッドの向かい側には、きれいに片付いた勉強机と、その脇《わき》に密着させて、机と同じほどの高さの本棚があった。本棚の下の段と真ん中の段には文庫本が隙間なくぎっしりと詰まっていたが、どれも書店名の入った紙のカバーを被《かぶ》せたままなので、背表紙の題名を読むことはできなかった。いちばん上の段には本は置いておらず、代わりに一枚のベニヤ板を渡して、そこにねずみ色のラジカセが置いてあった。そう、ラジカセ！　これこそが年上の世代の必需品なのだ。きっとこの部屋の主《あるじ》は、少年などは聴いたこともない、しかし聴いたら聴いたでどこか馴染《なじ》み深いメロディのような気がしてしまう、そんな洋楽ばかりを学校から帰るなり食事の時間も惜しんで延々と聴き続けているに違いない。音楽を聴きながらその主は、まだ自分の周囲には登場していない未来の意中の少女を思い描いているのかもしれない、かつては仲が良かったのにどうしたことか最近は折り合いの悪い友人か、そうでなければ若い担任教師との緊張した関係を悩んでいるのかもしれない。するとそのとき、少年は音を聞いた。ズズッ、ズズッと重い麻袋が地面を引きずられているような、もしくは病の老人の弱々しくしかしなかなか治まらぬ咳《せき》のような、聞く者の不安を煽《あお》る、ざらついた音だった。しばらく続いては途切れ、二度、三度、もう聞こえなくなった、終わったかな、と思わせたその直後、音はまたよみがえるのだ。初め、少年はペナントの貼られた壁の向こうから、隣の部屋で行われている作業、それがどんな作業だかは見当もつかないくせに、その音が漏れているのだと信じきっていた。じっさい、ほとんど気にも留めなかったぐらいなのだ。ところが何かの拍子に不意に少年は思い出してしまった、音が聞こえてくる側には部屋などひとつもありはしない、壁の向こうはすぐに外部のはずだ。ならば壁の中で何かが動いているということだな、それでもさして切羽詰った問題とも思えず、ぼんやりと視線を上へ向けると、音は確かに、壁を埋めるペナントたちよりさらに高く、天井ぎりぎり近くの小さな穴から聞こえていた。あれは穴なのだろうか、白黒市松模様の、自動車レースのチェッカーフラッグか何かを模したビニール製のシールを円形に切り抜いたもので塞いであるが、最初に貼り付けてからもう何ヶ月も、何年もの時間が経ってしまったのに違いない、糊《のり》は乾きシールは半分以上剝《は》がれて、肌色の漆喰の壁に開いた、子供の手のひら大の真っ黒い闇《やみ》が、少年が横たわっているベッドからも見えている。「ヘビだな」少年は疑いのかけらもなく、瞬時に確信した。自分の確信があまりに強すぎて、他の可能性がまったく浮かんでこないもので、いまの自分はもしかしたらじつは既に眠りに落ちて、まともな思考が成り立たなくなってしまっているのではないかと不安になったほどだ。だが手のひらで頰を叩《たた》いて確かめるまでもなく、少年は眠ってなどいなかった、しっかりと覚醒《かくせい》していた。「ヘビだな」もう一度つぶやくなり、少年は掛け布団を右足の脛《すね》で思い切り蹴《け》り上げた。背中を小さく丸め球体を転がす要領でいきおいをつけてベッドの上に立ち上がると、二度ほど軽く弾んで狙《ねら》いを定めてから、そのまま高く飛び上がって、弧を描くように空中を駆け、直接机の上へと降り立った。いまや穴は少年のすぐ目の前にあった。すぐさま市松模様のシールを剝ぎ取り、穴を覗《のぞ》き込んだが、まるでそこは平面的な黒い塗りつぶしがあるだけのようにも見えた。「だが、逃げおおせるなどとは思うなよ」少年が左手を黒い塗りつぶしの中にねじ込んでみると、それはやはりふたたび穴なのだ。壁をつかんで力を込めて引っ張ってみた。漆喰の壁はびくともしなかった。今度は右手も添え、両手のひらで壁をしっかりとつかんで、少年の全体重をかけて引っ張りながら、同時に片足で壁を突っ張ってみた。ごく僅《わず》かな、少年本人ですらも気づかぬほどの小さな砂粒が机の上にパラパラと落ちた。呼吸を止めて、満身の力で少年は壁を引っ張り続けた。少し離れた右の方で、割り箸《ばし》が折れるような高い音がした。薄い箔《はく》のようなものが頭上から剝がれ始めるやいなや、轟音《ごうおん》が上がり、壁は一気に崩れ落ちた。少しの時間、砂煙がこの部屋を満たした、ベッドの上には何十枚ものペナントが散らばっていた。少年も背中から床に叩きつけられて仰向《あおむ》けのまま呆然《ぼうぜん》としていたが、我に返ってもう一度机へ駆け上がると、その高い位置から崩れ落ちた壁の後を凝視した。舞い上がる砂の残る中、そこに見たものは、銀色に輝くヘビの抜け殻だった。ひし形の鱗《うろこ》の一枚一枚や、細かな蛇腹までがはっきりと分かる、まるで本物のヘビとも見紛《みまが》うほどの生き物めいた抜け殻だった。

男がその街に到着したとき、日は既に暮れていた。つい今しがたまで激しい雨が降っていたことが分かる、濡《ぬ》れて幾層にも貼り付いて分厚くなった枯葉と、敷石の隙間から溶け出した赤土の残る長く急な階段を、男は上《のぼ》っていた。周囲は公園のようだった。ときどき松の木の枝が行く人を妨げるほどに迫《せ》り出してきたが、階段はただひたすらまっすぐに上へと伸びた。夜の、雨上がりの濡れた階段を自分の足で歩いたことなど、もしかしたらいままでに一度もなかったのではないか？　いやたぶん、俺の人生でも初めてのことだな、そんなことに気づいてしまうと、不意に男は、この階段がどこまでも続けばいい、黒い夜の雲を突き抜けてまでも、人生の終わりの瞬間までも続けばいい、などと願ってしまうのだった。やがて男はホテルに着いた。チェックインを済ませ、エレベーターで八階まで上がり、部屋に入るなりカーテンを左右に大きく開けた。無数の光の一粒一粒がいっせいに男の方を振り返った。この街の南側の夜景だったが、自分がこの部屋のカーテンを開けたことによって何万もの光が点《とも》り、生命がふきこまれたように男には思えてしまった。窓から見る真下、ホテル正面の車寄せには白いぼんやりとした光が集まっていたが、そこから先しばらくは真っ暗な森が続いていた。繁華街は紫色の灯りの固まりだった。この街の西端から北へ向かって緩やかにカーブしながら抜ける街道では、オレンジ色の光がゆっくりと点滅しながら流れていた。民家の黄色い光がまばらに広がり、遠く、二つの頂点を持つ山の稜線《りょうせん》が、空との境目でほの青く浮かび上がっている。この仕事に就いたのも、最悪の選択ではなかったのかもしれない、働き始めて十五年目にして初めて男はそんなことを思うのだった。そのとき、誰かに促されたような気がして自分の胸元を見た。コートの前ボタンのひとつがなくなっていた。いちばん上についていた、硬貨ほどの大きさの、四つ穴の茶色い練りボタンだった。「どこで落としたんだろう、まったく気がつかなかったな」家へ帰れば箪笥《たんす》の引き出しには予備のボタンがあったのかもしれない、しかし、絶対にそれでなければならぬひとつのボタンを探すため、迷わず男は部屋を出た。フロントでは若いボーイが微笑《ほほえ》みかけたが、振り向きもせず軽く片手を上げて応《こた》えただけで足早に通り過ぎた。長い、まっすぐな階段を、今度は下らなければならなかった。上るときと同じとは思えぬほどに、頂点から見下ろす階段は急だった。男の周囲にだけはどこから弱い光が漂ってきていたが、横から迫り出した木々の先の闇を見つめていると、ここはまるで底の見えぬ深い洞窟《どうくつ》だった。最初の一段に足を踏み出したとき、濡れた枯葉とぬかるんだ土が足裏を持ち上げ、左右に小刻みに揺らして、一気に最後の段まで俺の身体を転げ落とすのではないか？　そんな恐怖心が男を襲った。暗い中、階段の幅は怒りたくなるほど狭く、足を下ろせそうな場所は極めて限られていた。もしこの階段で転げ落ちて死ぬのならば、俺はついさっき、一生の間でも登り続けていたいとさえ思った正にその場所で、一生を終えてしまうことになる、そんな思いが生まれればとうぜん恐ろしさはいや増した。冗談なのではないか？　演技なのではないか？　自分でもそう思いたくなるほどに、男は緊張して縮み上がってしまっていた。両膝《りょうひざ》と首筋、肩は固まっていた。濡れた敷石へちらちらと視線を落としてボタンを探しながら、横向きになって一段一段、小さな子供のように恐る恐る足を揃《そろ》え確かめなければ動けなかった。ほんの十段を降りるのに、五分以上の時間が掛かっていただろう。それにしたって、たかが公園の階段だぞ、危険にも限度があるだろうに！　三十段ほども降りたところに小さな踊り場があったが、そこも敷石で囲まれた水溜《みずた》まりが池のようになってしまっていた。ちょっと待て、さっき上ったときにはこんな踊り場なんてどこにもなかったじゃないか！　気を取り直そうと男は黒い空を見上げた。雲の切れ間から小さな星は見えたが、月はなかった。仮にボタンがこの階段のいずれかの段に落ちていたとしても、この暗さ、このぬかるみ、この心理状態では見つかるものも見つかるまい。ところがこの日の男には、だからこそ、見つからなくて当たり前のこんな状況であればこそ、あの茶色い硬貨大の練りボタンは必ず発見される、他の誰でもなく自分がそれを見つけ、拾い上げる瞬間が時間の流れの中に予《あらかじ》め組み込まれている、そう思えてならなかったのだ。迫り出した木の枝を中腰になって避《よ》け、枯葉か粘土か、それとも何かの小動物か、柔らかなものを踏みつけるたびにきつく目を瞑り全身を硬直させながらも、何とか凌《しの》いでついに階段を下り切った五十分の間ずっと、男はボタンが見つかるものと信じて疑わなかった。だが残念ながらボタンはどこにも落ちていなかった。いや、本当のことをいうと、階段のいちばん最後の段の上にひとつ、滑らかに光る小さなものが置いてあったのだ。半信半疑のまま拾い上げてみると、それは確かにボタンだった、しかし男のコートのボタンよりも一回り小さい、二つ穴の紺色のボタンだった。よりによってこんな場所で、違うボタンを見つけてしまうなんて！　男は落胆した。しかしそれは、過去の気持ちのどこかで薄々恐れていたほどの最悪の落胆ではなかった。それとも揺らぐことなく、ボタンは見つかるものと信じ続けていたのかもしれない。そのまま男は繁華街へと向かった。どこかで食事を取らねばならなかったのだ。ボタンがひとつ取れたコートを着たまま、男は歩き続けた。繁華街を見回しても、どこにも紫色の光などはなかった。靄《もや》のかかったような白っぽい夜に包まれて、途切れ途切れ見えるネオンは緑色とピンクと黄色だった。ときどき現われる街灯はオレンジ色だった。一人で入っても誰からも話しかけられることなく、食事を済ませたら金を払うなり逃げるように店を出てしまっても後ろめたさなどない、さびれた定食屋か中華料理屋を探していたのだが、どこにもそんな店はなかった。あるのはどうしてなのか薬屋と靴屋と和菓子屋の繰り返しで、しかもそれらの店はまだ夜も早いというのに、ことごとくシャッターが閉まっていた。空いているのは二、三軒、どれも常連の酔っ払いがたむろする居酒屋だった。悪意のない怒鳴り声と酒の臭《にお》いは店の外でも分かるものだ。ならば街道まで抜けてしまおう、きっと別の店も見つかるに違いない。ところが街道に点っている灯りは清涼飲料の自動販売機と車のヘッドライトだけだった。道路の両側は生気の感じられない工場か倉庫、そうでなければ昔のままの農地だった。何台もの車やバイクに追い越されながら男は長く歩き、いよいよ山への入り口にさしかかったところで、黄色い灯りの点っている一軒の食堂を見つけた。街道沿いのドライブインのようだった。ドアを開けると、天井から下がるランプを模した弱々しい電灯のもと、中央には火の消えた古い石炭式のストーブが置かれ、そのすぐ脇のテーブルでは工場労働者風の若者が三人で酒を飲んでいた。少し離れた左側のテーブルでは、中年の男女が特に深刻そうでもなく、かといって楽しそうでもなく、言葉少なにチーズとサラダを取り分けていた。姿は見えないが奥には別の客もいるようだった。カウンターの内側にはひとりの老《ろう》婆《ば》がいた。白い髪を後ろでひとつに束ね、緩やかな弧を描く眉《まゆ》と大きな瞳《ひとみ》、血行のよいふっくらとした頬が若いころは美人だったのだろうと想像させる、場末のこんな店にはそぐわない、どこか上品な女だった。新しい客が店に入ったというのに気づいていないのか、老婆は無言だった、カウンターの上の一点を凝視したままだった。彼女の方へ、一歩足を踏み出した瞬間、もしや？　と思ったことを男はすぐに後悔した。案の定、左足のつま先が触れるほどの床の上にはボタンが落ちていた。しまった、気がつかなければよかったのに！　しかしもう遅かった。覚悟を決めてゆっくりと拾い上げ、息を吹きかけて親指と人差し指で擦《こす》ってから、念のためコートに付いている他のボタンと見比べた上で、目の前で光にかざしてしげしげと眺めてみた。紛れもなく、男のコートに付いていた四つ穴の茶色い練りボタンだった。

俺は過去のいずれかの一日に、この店を訪れたことがあったのだろうか？　いや、そんなことは決してない、起こりえないはずだ。ならばボタンは最初から取れてなどいない、しっかりとコートに縫い付けられていた、そしていま、俺がこの店に入ったと同時に繋《つな》ぎとめていた糸が切れ、ボタンも床に落ちた、そういうことだろうか？　気味悪さのあまり男は直立したままの姿勢で動けず、小声で自問していた。するとや、老婆はこのように語りかけたのだ。「驚くには値しません。あなたのような類《たぐい》の人間は、つねに人生最後の一日を生きているのですから、物の方が先回りしてあなたの到着を待っている、そんなことはいままでもあったし、これからもしばしば起こることなのです。あなただってじつは、それほど驚いたわけではない、本当は驚いた振りをしているだけなのでしょう？　そんなことよりあなたは、あなたの人生の時間が食いつぶされないように気をつけなさい。自分が偽者《にせもの》であることにすら気づいていない、絶望的に救いようのない連中が寄って集《たか》って、あなたにちょっかいを出して、あなたから時間をもぎ取ろうとするでしょう。なぜなら、偽者たちはあなたのような人間の時間を食べることによってしか、生き延びることができないことをよく知っているからです。なにしろ彼らは自分でも持て余すほどの情報と便利な道具と、多くの友人たちにつねに囲まれていますから。あなたなど思いもよらぬような、いろいろな手管を揃えているのです」

少年は砂利道を歩いていた。太陽の照り返しなのか砂埃《すなぼこり》なのか、まっすぐに延びる道の先には白いものが漂っていた。道の左側はサザンカの黒ずんだ生垣が続き、同じ造りの平屋建てが連なる社員住宅の庭を仕切っていたが、家の中からは話し声も、物音も、テレビ番組の音も聞こえなかった。ただセミだけが鳴き続けている、七月の午後だった。足もとを見ると、道のほぼ中央、角の取れた丸い石ばかりが転がっている中にひとつだけ、少年の額ほどもある大きな、青みがかった石が乾燥して固まった砂に深々と埋まっている。この石を少年は昔からよく知っていた。まだ小さな子供のころ、恐らく少年が幼稚園に通っていたころから同じ場所に埋まっている石だった。小学校から下校するときや友人の家へ遊びに行った帰りには、必ず右足のつま先でこの石を踏むことに決めていた。半年ほど前には、自転車の前輪が勢いよくこの石にぶつかった反動で、バランスを崩し転倒して、少年は自転車もろとも砂利の地面に叩きつけられた。そのとき少年は鼻の下と顎《あご》を擦りむいたのだが、転んで顔を擦りむくなんて漫画の一場面みたいなことがじっさいこの俺にも起こるものなんだな、じゃあ俺も野球選手か、遺跡の発見か、政治家か、何の分野だかは知らないが、さまざまな苦難を乗り越えて大活躍する日がいつかきっと来るに違いない、そんな誇らしげな気分になったものだ。道の右手には草原《くさはら》が広がっていた。もともとは森を伐採して宅地として整備した土地だったのだろうが、いつまで経《た》っても家が建つことはなく、少年が物心ついてからずっとここは草原のままだった。冬枯れの季節ならば野球や縄跳びもできた広々とした場所も、いまはススキやイヌムギ、ブタクサなどの背の高い雑草が埋め尽くして人間の侵入を拒んでいた。中に一本だけ、柿《かき》の木が立っていた。「柿の木は見た目丈夫そうでも、じつは折れやすいから、登って遊んではいけません」秋から冬にかけて学校から帰ると毎日、少年はその柿の木に登った。高さもそれほど高くなく、枝も四方へ広がっていて登りやすい木だった。大人の背丈を越えるほどの高さのところで上手《うま》い具合に二股《ふたまた》に分かれた枝に背中を密着させて、仰向けに寝転がって、いまにも雪が降り出しそうな冬の曇り空を少年は眺めた。寝転がったときに手のひらに触れる、冷たく、適度にざらついた木肌も好みだった。ふと我に返ると、どこからか音楽が聞こえていた。左手前方の一軒の家から流れてくるそれは、少年も聞き憶《おぼ》えのある有名な外国の映画音楽だった。オーケストラの幾層もの音の重なりが、真夏の蒸した大気と絶え間ないセミの鳴き声に溶け込んで、その甘ったるい濃厚さを増していたのだが、にもかかわらず、少年にはそれが死者の国からの音楽のように聞こえてしまった。人生で誰もが経験すべき一通りの儀式をようやく終えた後で、一人の寝間着のままの痩《や》せ衰えた老人が、若いころに流行《はや》った映画音楽の流れるなか、記憶を順々に引き出して、悔やみながらも懐《なつ》かしんでいるような、そんな凡庸な情景が浮かんでしまったのだ。少年は早足にその家の前を通り過ぎたが、音楽はまとわりつくように追いかけてきた、走り始めてもなかなか振り払うことができなかった。やっとのことで音楽の聞こえないあたりまで来ると、右手には厳重に施錠《せじょう》された給水塔があり、正面には少年の通う小学校の、三階建ての白いモルタルの校舎が見えた。夏休み中の校舎は、はるか遠景に見える雪をいただいた山脈のように、いま自分がいる夏休みの時間とはまったく別の時間に属していた。左手すぐ近くには樹齢五十年、もしかしたらそれ以上かもしれない、給水塔や学校の校舎などよりはるかに高く、堂々としたヒマラヤ杉が二本、十メートルほどの間隔を空けて立っている。ヒマラヤ杉を見るたびに少年は、この植物は自分が生まれるよりずっと昔からこの場所にあったのだし、いずれ少年がこの街から引っ越して、大人になって結婚して、子供ができて、老人になって死んだあとも変わらずこの場所に、一センチも動かずに立っているのに違いない、そう思って惚《ほ》れ惚《ぼ》れするのだった。植物は何事にも動じない、人間なんかよりよほど信頼できる、さっきは安易に学校の校舎を山のようだなどと喩《たと》えてしまったが、それをいますぐ取り消したくなるほどだ。いま少年は、木漏れ日の中にいた。眩《まぶ》しさに細目になりながら頭上を見た。逆光の中、杉の枝葉の影に黒い固まりが見えた。幹に腹が触れるほど近づいて、もう一度真上を見た。風とは違う、何かの生き物が枝葉を揺らしていた。まさかサルでもあるまい、ネズミかカラスの巣でもあるのかな？　少年は足もとの小石を拾って影に向かって投げ上げてみた。「アリジゴク」声は天から降ってきた。すると、どうしてそうだと分かったのか少年にも不可解だったが、木の上にいるのは少年と同じ学校の、しかしまだ一度も話したことのない同級生だということが分かった。こんなに高い木に登っている子供なんて、いままで見たことがなかったが、同級生はまだ飽き足らずさらに高い枝を目指して登り続けているようだった。「アリジゴク、そこ」声だけがもう一度降りてきた。杉から少し離れた場所に黄色いペンキで塗られた木製のゴミ箱が置いてある、その日陰のひんやりとした砂地にはたしかに、擂鉢状《すりばち》のアリジゴクの巣が点々と作られていた。ぜんぜん知らない子だけど、あんなに高い場所から命令されたら、従わないわけにはいかないもんな、少年は渋々しゃがんで、さらに腹ばいになって、顔を地面に触れるぎりぎりまで近づけた。乾いた冷気が右側の頬に触れて、半ズボンの膝へ通り抜けていった。とつぜん、少年の目はアリの目となり、行く手には起伏に富んだ褐色の砂漠が広がっていた、しかしそのところどころに、一度落ちたら死ぬまで這《は》い出すことはできない、底なしの穴が待ち構えているのだ。腹ばいになったままの姿勢で、少年は一つの穴の底を掘り返してアリジゴクを捕まえた。いっさいの抵抗を示さず、手のひらにおとなしく乗っているその虫を、しげしげと見つめた。小さな頭からは獲物《えもの》を捕らえるための二本の顎が突き出ているものの、それは指で軽く触れても折れ曲がってしまうほどに弱々しい、砂粒が付いたままの皺《しわ》だらけでつぶれた腹は薄茶色に黒の斑点《はんてん》で、皺の隙間《すきま》から短い産毛《うぶげ》が生えている、六本の足も川原の枯れ草のように細い。だが、少年はこの醜い虫が大好きだった。だって、こいつはアリやダンゴムシなんかの獲物が巣穴に落ちてくるのをただひたすら待つ、何週間でも、何ヶ月でも待つんだぞ、自分から仕掛けることなどけっしてありはしない、絶食したまま、穴の底で孤独に待ち続けるんだ、友達も家族もいないんだ、砂に埋まって真っ暗で、ひとりぼっちなんだ。それからしばらく経ったとき、少年は森の中の一本道を歩いていた。夏の暑さを競って奪い合うように生い茂ったクヌギやブナの葉は太陽の光をさえぎって薄暗く、地面には下草もほとんど育たぬほどだった。森の湿った空気の中を、さっきのアリジゴクから羽化したウスバカゲロウが、あの、現実とは思えぬほど柔らかな羽で優雅に、音もなく漂っているような気がした。じつは少年は夏休み中だというのに、毎日のように学校へ通っていた。図工の時間に描いた一枚の絵、それは工事現場の巨大なクレーンが鉄骨をワイヤーで吊《つ》るして、持ち上げているところの絵だったのだが、その絵に目を付けた教師が県展に出品させるために何度も、何度も、少年に描き直しを命じていたのだった。仲の良い友達だってもうとっくに下校してしまった、画用紙は四枚目だった、茶色と水色の絵の具も使い切ってしまった。それは一学期が終わって、夏休みに入っても続いていたのだ。「あんなに苦労して、一生懸命描いた絵だというのに、あの絵はいまではどこへ行ってしまったのだろう」森の中の道は右手にカーブしながら緩やかな上り坂になり、坂を上りきったところは広々とした葱畑《ねぎ》になっていた。ここは見晴らしの良い高台《たかだい》だった。眼下には青い稲がぎっしりと詰まった真夏の水田が広がり、その向こう遠くには少年の住む町から隣町までまたがる大きな沼が銀色に輝いていた。高台の上へ視線を戻すと、強い日差しを浴びた、焦《こ》げ茶色の土から飛び出した葱の葉の深緑色の連なりはいますぐそのまま食べられそうな、とても清潔なものに見えた。葱畑の尽きる東側の斜面の土はどうしてなのか赤茶色で、そこから松林《まつばやし》が始まっていた。そのうちの、ある一本の松が少年の気に留まった。幹はほとんど垂直なのだがほんのわずかに左に傾き、高いところで枝分かれし始めてからは、強い風圧が加わって枝も葉も一気に右へと流されていく。それはセザンヌが一八九六年にプロヴァンスで描いた松の木だった。とてもよく似た木、ということではなくて、セザンヌの描いた松の木そのものだった。

解説
——『終の住処』あるいは孤児たちの仮寓

蓮實重彦

小説は、散文で書かれたフィクションだとひとまず定義することができる。だが、その定義はきわめてあぶなっかしいものだ。フィクションとは何かをめぐる理論家たちの議論は、本当には起こらなかったことを語る言葉、いささか生硬な専門用語でいいかえれば「非＝事実的な物語言説」という相対的な定義にとどまっているし、散文もまた、韻文ではない——十九世紀のある西欧の批評家は本当にそう書いている——という相対的な定義にとどまらざるをえないからである。小説は、その本質の不在において、またその形式においても定義しがたい言葉からなっており、それを律する規則などいっさい存在していない。その意味で、小説は「自由」なジャンルであり、どのような題材をどのように処理してもかまわないが、作家にとって、それは「不自由」の同義語でしかあるまい。どんな題材をどう語ろうと、それを方法として肯定しうる小説理論などありはしないからだ。実際、散文で書かれたフィクションは、みずからをみずからの言葉で支える孤児さながらのおぼつかない身分にとどまるしかない。磯﨑憲一郎は、同時代の誰にもましてそのことに意識的である。それが芥川賞の選考にあたって評価の対象とされたか否《いな》かはさだかでないが、受賞作『終の住処《ついすみか》』の貴重さはひとえにその点に存している。

「彼も、妻も、結婚したときには三十歳を過ぎていた」の一行で始まり、ふたりには「疲れたような、あきらめたような表情が見られた」と書きつがれ、その表情の記憶とともに終るこの作品に、固有名詞はまったくといってよいほど書きこまれていない。だが、現実の男女のように、フィクションの人物が名前を持たねばならぬ理由はどこにも存在しない。三島由紀夫の『豊饒《ほうじょう》の海』の松枝清顕《まつがえきよあき》のように、第一巻の一行目からそう名付けられていればふと安心した気分にはなれようが、それとて退屈な慣行にすぎず、この種の命名の儀式はむしろ醜悪なこととさえいえる。作家たる者、そんな慣行をあからさまに無視して当然である。固有名詞が小説にとって必要不可欠な要素であろうはずもないからだ。『終の住処』の主人公である会社員を冒頭で「彼」と呼び、最後までその姓名を明かすことがないのはひとえに作者の「自由」であり、「彼」のまわりに姿を見せる女たちも、誰ひとり名前で呼ばれることはない。「新婚旅行のあいだじゅう、……不機嫌だった」という「彼」の「妻」は、もっぱらその不機嫌さゆえに「妻」と呼ばれ、「彼女」という代名詞さえ、ふとした手違いであるかのようにほんの一度か二度そう呼ばれただけで、作品からは決定的に遠ざけられてしまう。

ここで見落とさずにおきたいのは、自分を「俺」と呼ぶ「彼」が上司や同僚から「君」や「お前」と名指されていながら、たがいに「あなた」と呼びあう関係を誰とも成立させていないという一点につきている。「彼」にできるのは、たえず不機嫌で口数も少なく、ときに「別れようと思えば、私たちはいつだって別れられるのよ」とつぶやき、遥《はる》かに投げるその視線の先に何を見ているのか見当もつかない「妻」と、ふとしたはずみにそのまわりに漂う「良い匂《にお》い」を介して無言でまじわることでしかない。その「良い匂い」は、「彼」と「妻」という呼称を、いかにも孤児にふさわしい「固有名詞」のように機能させる。間違っても「彼の妻」ではなく、あくまで「妻」でなければならぬからだ。それは「娘」についてもいえることで、『終の住処』の家族は、たがいに誰にも所有されないことを唯一《ゆいいつ》の絆《きずな》として、かろうじて成立している孤児たちの仮寓《かぐう》のようだ。離れた場所に暮している「彼」の「母」も、夫のことなど記憶していないかのように、孤児めいている。

「彼」が関係を持つ女たちは、もっぱら「普通名詞」で呼ばれる。同じ職場の「黒いストッキングの女」、電車で見かけた「サングラスの女」、「生物教師の女」などがそれにあたるが、誰ひとりとして「妻」のように「良い匂い」を漂わせたりはせず、いずれも孤児たりそびれたごく普通の女たちである。ただ、「ストッキング」や「サングラス」のような所持品で人物を代表させる換喩《かんゆ》的な命名法と、「生物教師」のような職業による命名法とは明らかに異なる役割を演じている。職業で呼ばれる男女は、「杖《つえ》を突き、顎《あご》ひげを蓄え」た老齢の「建築家」にせよ、「すべての海外事業投資を管掌する取締役」にせよ、括弧で括《くく》られた直接話法の台詞《せりふ》が極端に少ないこの作品にあっては、例外的に饒舌な存在だからである。しかも、そうした男女が口にしたり書いたりする言葉は、それを耳にしたり読んだりする「彼」の反応をほとんど無視するかのように過度に威嚇《いかく》的である。

「生物教師の女」は、「そうとう高価な買い物だったはず」のイグアナを両親から贈られた小学生時代の記憶を一気に語り始め、真夜中過ぎに「とつぜんの雷雨のように猛烈な睡魔」に襲われた「彼」をひたすら混乱させる。かと思うと、「首を反らして見上げるほどの巨体だった」という「老建築家」は、「取りとめのない雑談」ばかりしたあげく、いきなり「この家は百年間は軽く持ちます」と宣言するなり、宗教家さながらの巧みな弁舌で、施工主たる「彼」と「妻」とを籠絡《ろうらく》する。また、郷愁にさいなまれる海外赴任中の「彼」に「いまどき珍しいことに便箋《びんせん》に手書きの手紙」を送ってよこす「取締役」は、「お前がいまこの瞬間を、この一秒をあきらめることによって、お前は永遠の時間をあきらめることになるのだ」といった居丈高な口調で、企業人としての決断の哲学を蕩々《とうとう》と披瀝《ひれき》している。

では、「十一年」も「妻」と言葉を交わすことのない「彼」のまわりで、その家族のありようを覗《のぞ》き見ようともしない男女が、どうしてこれほど執拗《しつよう》に「彼」に語りかけるのか。それは、言葉というものが、いったん口にされてしまうと、たちどころに語る主体の意志を超え、聴き手の存在さえ無視したまま、みずからをとめどもなく増殖させるしかないものだからである。「老建築家」は、施工主を説得しているかに見えるが、彼の示す「色鉛筆で描かれたスケッチ」に触れて語られていることは、「隣家との境界までは、栗《くり》やケヤキやツバキ、金木犀《きんもくせい》などの植栽が互い違いに施され、五月にもなれば蝶《ちょう》やスズメやキジバトだけではない、若草色のウグイスまでもこの家にはやってくるはずだった」がそうであるように、提示された「スケッチ」の克明な記述というより、孤児としか思えぬ「老建築家」の妄想の連鎖として読まれねばなるまい。イグアナをめぐる「生物教師の女」の言葉もそうだが、ここにあるのは、いったん口にされてしまった言葉のとめどもない増殖にほかならず、それはフィクションのようにイメージの空転をもたらすしかないからである。

決断の哲学を説く「取締役」の手紙は、ひとまず「彼」を説得したとも読める。「あの手紙にあったとおり、戦わないことには俺は将来どころか過去すらも失ってしまう」と思い立った「彼」の行動によって、会社が「米国製薬メーカーの敵対的買収と完全子会社化」に成功したからである。だが、その長い手紙にも、孤児の言説に似たまやかしのひたむきさがはりつめている。実際、困難な敵と一戦をまじえることで海外赴任から解放されたかにみえる彼が日本で発見したのは、生まれたばかりのころ、まるで意志を持っているかのように「昆虫を思わせるすばやい動きで彼の手を逃れ」ていた「娘」が、成人となるや「彼の娘」たることを決定的に回避するという「父」としての苛酷《かこく》な現実にほかならず、五月になってもキジバトや若草色のウグイスなど訪れそうもない郊外の自宅で、「これから死に至るまでの年月を妻とふたりだけで過ごすことを知らされ」るばかりだ。

「彼」と「妻」と「娘」からなる『終の住処』に、「父」が欠けているのはまぎれもない事実である。とはいえ、作品の導入部でどことも知れぬ古い沼のほとりの対岸に立ち、不可解な手と指の動きで水面を異様に波立たせ、ついには「山のように盛り上が」らせてみせる「背の高い瘦《や》せた」誰とも知れぬ「老人」や、上棟式に「上下黒のスーツ」で姿を見せ、「ただでさえ高い背丈が、この服装のためになおいっそう高く見えた」という「老建築家」が、「右手を伸ばして高々と掲げ、二階の屋根の上の吹流しを続けざまに四本、少々乱暴に取り外し」て見せるといった異様な光景に、「彼」が「父」の比喩を見ようとしているといった解釈はつつしまねばなるまい。実際、「取締役」の手紙が「父」の言葉のパロディのように醜悪なのは、「父」が所詮《しょせん》はフィクションでしかないからなのだ。

「彼」は、それが孤児にふさわしいことだというかのように、自分でも「信じられない」振る舞いを三度も演じてみせる。だが、それは、本当に自分でも「信じられない」ことなのだろうか。その意味があまりにも明白であるがゆえに、作者は「信じられない」とでも書かざるをえなかったのではないか。例えば、「妻」に隠れて関係を持った「黒いストッキングの女」に別れ話を持ちだし、「そうね、もうそろそろ」と呆気《あっけ》なく応じられたときの「彼」自身の反応がそれにあたる。「いや、ちょっと待ってくれ、俺たちの仲はそんなに簡単なものじゃあないだろう、……」と饒舌に応酬するとき、「彼には、自分の口から次々に発せられる言葉がどうしても信じられなかった」という。それは「何者かにあやつられ、無理やりいわされているよう」な言葉でしかなく、できれば女の口から洩《も》れてほしい愁嘆の台詞を「彼」が芸もなくつぶやいていただけだと考えておけばよい。まことに思いあがった男の醜いエゴイズムというほかはないが、「彼」が真の意味で「信じられない」のは、自分自身の滑稽《こっけい》なまでの「正直」さではなかろうか。「自己嫌悪《けんお》」を清算しようとする「彼」は、「悪い空気」を家には持ちこむまいとして、「妻」をあるホテルに呼びよせる。だが、「信じがたいことに」、それは「黒いストッキングの女」と密会に使っていた場所だったのだから、「彼」は無防備なまでに「正直」な男だというほかはない。

「彼」は、執拗にイグアナについて語る「生物教師」の前でも、「信じがたい」振舞いを演じそうになる。あれほどほしかったイグアナを買い与えられると、自分ではとても飼いきれず、ひそかに手放してしまいながら、いまでは「人間の背丈」ほどになっているはずのその爬虫類《はちゅうるい》が「かならず私のもとへ戻ってくるはずなのだ」という話にぼんやりと耳を傾けながら、聞き終わった「彼」は「激しく動揺」し、「まったく信じがたいことだったが、彼はこの昔ばなしを自分の娘から聞いているつもりになっていた」というのだ。「目ではたしかに正面に座る生物教師の姿を捉《とら》えていながら、どこかの間《ま》で相槌《あいづち》を打とうとした瞬間、口からは『お父さんならば……』という一人称さえ出そうになった」のである。そこから導きだされる結論は、これまた呆気ないほど「正直」なものだ。「ということは、——彼は自らに諭すように語りかけた——いままで俺は複数の、さまざまに異なる女と付き合ってきたつもりになっていたが、これではまるで、たったひとりの女と付き合っているのと同じことだ」。女性に対して、「夫」としてはともかく、「父」としてなら立派に振る舞えるはずだという途方もない錯覚である。「信じられない」行為を演じるごとに、「彼」は「正直」な自分と遭遇しつつ、そのことをあたふたと隠蔽《いんぺい》せざるをえない。

『終の住処』には、「彼」が「正直」な男だとは一行も書かれていない。実際、「妻と口を利《き》かなかった十一年のあいだに彼はけっきょく八人の女と付き合った」という男が「正直」であろうはずもない。また、「お前をこの場で俺に平伏させたいのだ！」という「取引先の係長」を腕相撲で負かしてしまったり、「米国企業の社長」の手から「ワイングラスを奪い取」り、「大理石の床に叩《たた》きつけ」たりする振る舞いが「正直」だというのでもない。だが、あるとき「正直」な自分自身と遭遇し、思わず「信じられない」と「彼」はつぶやく。そのとき、孤児としての「彼」は、ありえない「父」というフィクションとむなしく戯《たわむ》れるしかない。

（二〇一二年七月、評論家）

この作品は二〇〇九年七月新潮社より刊行された。

川上弘美著
どこから行っても遠い町
二人の男が同居する魚屋のビル。屋上には、かたつむり型の小屋――。小さな町の人々の日々に、愛すべき人生を映し出す傑作小説。

いしいしんじ著
ポーの話
あまたの橋が架かる町。眠るように流れる泥の川。五百年ぶりの大雨は、少年ポーをどこへ運ぶのか。激しく胸をゆすぶる傑作長篇。

柴崎友香著
その街の今は
芸術選奨文部科学大臣新人賞受賞
カフェでバイト中の歌ちゃん。合コン帰りに出会った良太郎と、時々会うようになり――。大阪の街と若者の日常を描く温かな物語。

青山七恵著
かけら
川端康成文学賞受賞
さくらんぼ狩りツアーに、しぶしぶ父と二人で参加した桐子。普段は口数が少ない父の、意外な顔を目にするが――。珠玉の短編集。

乃南アサ著
女刑事音道貴子
花散る頃の殺人
32歳、バツイチの独身、趣味はバイク。かっこいいけど悩みも多い女性刑事・貴子さんの短編集。滝沢刑事と著者の架空対談付き！

乃南アサ著
女刑事音道貴子
鎖
（上・下）
占い師夫婦殺害の裏に潜む現金奪取の巧妙な罠。その捜査中に音道貴子刑事が突然、犯人らに拉致された！　傑作『凍える牙』の続編。

新潮文庫の新刊

M・ブルガーコフ
石井信介訳
巨匠とマルガリータ
スターリン独裁下の社会を痛烈に笑い飛ばし、人間の善と悪を問いかける長編小説。哲学的かつ挑戦的なロシア文学の金字塔！

M・エンリケス
宮崎真紀訳
秘儀（上・下）
〈闇〉の力を求める〈教団〉に追われる、異能をもつ父子。対決の時は近づいていた——。ラテンアメリカ文壇を席巻した、一大絵巻！

企画・デザイン
大貫卓也
マイブック
—2026年の記録—
これは日付と曜日が入っているだけの真っ白い本。著者は「あなた」。2026年の出来事を綴り、オリジナルの一冊を作りませんか？

月原渉著
巫女は月夜に殺される
生贄か殺人か。閉じられた村に絶叫が響いた——。特別な秘儀、密室の惨劇。うり二つの〈巫女探偵〉姫菜子と環希が謎を解く！

焦田シューマイ著
外科医キアラは死亡フラグを許さない
—死人だらけのシナリオは、前世の知識で書きかえます—
医療技術が軽視された世界に転生してしまった天才外科医が令嬢姿で患者を救う！大人気転生医療ファンタジー漫画完全ノベライズ。

柚木麻子著
らんたん
この灯は、妻や母ではなく、「私」として生きるための道しるべ。明治・大正・昭和の女子教育を築いた女性たちを描く大河小説！

新潮文庫の新刊

今野　敏著
審議官
―隠蔽捜査9.5―
県警本部長、捜査一課長。大森署に残された署員たち。そして竜崎の妻、娘と息子。彼らだけが知る竜崎とは。絶品スピン・オフ短篇集。

白石一文著
ファウンテンブルーの魔人たち
大学生の恋人、連続不審死、白い幽霊、AIロボット……超高層マンションに隠された秘密とは？　超弩級エンターテイメント開幕！

櫛木理宇著
悲鳴
誘拐から11年後、生還した少女を迎えたのは心ない差別と「自分」の白骨死体だった。真実が人々の罪をあぶり出す衝撃のミステリ。

仁志耕一郎著
闇抜け
―密命船侍始末―
俺たちは捨て駒なのか――。下級藩士たちに下された〈抜け荷〉の密命。決死行の果て、男たちが選んだ道とは。傑作時代小説！

堀江敏幸著
定形外郵便
芸術に触れ、文学に出会い、わたしたちは旅をする――。日常にふいに現れる唐突な美。過去へ、未来へ、想いを馳せる名エッセイ集。

阿刀田　高著
小説作法の奥義
物語が躍動する登場人物命名法、書き出しとタイトルのパターンとコツなど、文筆生活六十余年「小説界の鉄人」が全手の内を明かす。

終《つい》の住《すみ》処《か》

新潮文庫　い－112－1

平成二十四年九月一日発行
令和七年九月三十日六刷

著者　磯《いそ》﨑《ざき》憲《けん》一《いち》郎《ろう》

発行者　佐藤隆信

発行所　株式会社新潮社

郵便番号　一六二―八七一一
東京都新宿区矢来町七一
電話　編集部(〇三)三二六六―五四四〇
　　　読者係(〇三)三二六六―五一一一
https://www.shinchosha.co.jp

価格はカバーに表示してあります。

乱丁・落丁本は、ご面倒ですが小社読者係宛ご送付ください。送料小社負担にてお取替えいたします。

印刷・大日本印刷株式会社　製本・加藤製本株式会社

ISBN978-4-10-139031-4 C0193